Joana Breidenbach und Judith Homoki
mit Illustrationen von Martin Haake

# *Edwina ermittelt in Berlin*
# Der Schatz des Priamos

ISBN 978-3-00-038923-8

Für Arthur, Lilian, Tibor und Vico

**13.700000000 v. u. Z.**

Der Urknall. Davor gab es nichts, aber dann ganz viel. Ein paar von den Dingen, die seither in der Gegend von Berlin passiert sind, erfahrt ihr hier.

## 1197

Gründung der ersten Siedlung an der Spree. Pfahlbauten im sumpfigen Morast. Alles begann ungefähr dort, wo heute die Nikolaikirche steht.

Friedrich I.

## 1701

Von Torfbauern zu Perückenträgern. Berlin wird königliche Residenz von Friedrich I. und Hauptstadt von Preußen.

1. Kapitel

# Sprung ins Abenteuer

Hektisch drehte sich Professor Bockelmeier um. Er ließ den Blick suchend über die Köpfe der 28 Mädchen und Jungen streifen, die ihm für die nächsten Tage und Nächte anvertraut waren. Die 8c war erst vor wenigen Minuten am Ziel ihrer Klassenfahrt angekommen und schon hatte er das Gefühl, dass einer seiner Schützlinge abhandengekommen war. Das fing ja gut an. Auf allen drei Ebenen des gigantischen Berliner Hauptbahnhofes herrschte fieberhaftes Treiben. Fahrstühle sausten auf und ab, Fernzüge und S-Bahnen fuhren ein und aus. Vor dem Nebengleis drängten sich Hunderte Menschen, die auf die Einfahrt ihres Zuges warteten. Wie sollte er in diesem Gewusel ein versprengtes Schäfchen finden? Im Kopf ging er die Namensliste aus dem Klassenbuch durch.

Richtig, er hatte sich nicht getäuscht, jemand fehlte. Edwina, von ihren Mitschülern Ed genannt. Von dem 13-jährigen Mädchen fehlte jede Spur. Sie stand nicht wie sonst üblich an der Spitze der Gruppe und drängte auf Aufbruch, sie saß auch nicht in ein Buch vertieft auf ihrem Koffer, sie war überhaupt nirgendwo zu sehen. Bockelmeiers kleine Statur von einem Meter dreiundsechzig erwies sich mal wieder als echtes Berufshandikap. Auf Zehenspitzen und mit gestrecktem Hals hielt er Ausschau nach Edwina. Eben wollte er schon zum letzten Mittel greifen, einem handlichen, aber lautstarken Megafon, das er auf Klassenfahrten stets bei sich trug, da hörte er zu seiner Erleichterung aus Dutzenden Kehlen rufen: „Ed ... Edwina!“ Der Rest der Klasse hatte sie entdeckt – allerdings in dem Zug, mit dem sie eben angekommen waren und dessen Türen sich gerade zur Weiterfahrt schlossen.

Edwina schien die Aufregung um sich herum gar nicht zu bemerken. Sie stand im Gang vor ihrem Abteil und hielt ein mit Bindfaden verschnürtes Bündel Papiere in den Händen. Ihr Großvater hatte es ihr gestern Abend vor der Abreise gegeben und sie gebeten, es in Berlin bei seinem alten Schulfreund Florian Schimmelpfennig in der Oranienstraße abzugeben. „Bitte Edwina, zügle deine Neugierde", hatte er noch eindringlich gesagt, „so habe ich das Paket vor 44 Jahren bekommen und so soll mein Freund Florian es auch wieder zurückbekommen." Es war schon ziemlich spät gewesen, darum hatte Edwina das Paket einfach in ihre Reisetasche gepackt und nicht weiter beachtet.

Erst als der Zug im Berliner Hauptbahnhof einfuhr und sie ihre Tasche aus dem Gepäckfach holte, war ihr Großvaters Auftrag wieder eingefallen. Nur einen kurzen Blick wollte sie auf das Paket werfen. Vorsichtig zog sie es aus ihrer Reisetasche. Es war ein ganzer Stapel unterschiedlicher Papiere, zusammengehalten durch einen alten Aktendeckel mit einem ausgeblichenen Stempel „Reservatenkammer Antikensammlung Berlin". Eine Ecke des fleckigen alten Deckels war aufgerissen. Darunter konnte sie vergilbte Dokumente erkennen: alte, mit einer Schreibmaschine geschriebene Listen, einen Stadtplan, ein paar Zeichnungen auf festerem Papier und eine Reihe von Fotos. Am oberen Rand eines Blattes war „Schiller Schule 1952" zu lesen, anscheinend ein Schulzeugnis, und dann waren da noch Aufzeichnungen in griechischen Buchstaben und ein graues Formularblatt, das in der Ecke den Vermerk „Antrag auf Ausreise aus der Deutschen Demokratischen Republik" trug. Edwina zerrte an den losen Zetteln, um mehr erkennen zu können. Wie der Großvater befürchtet hatte, überkam sie mal wieder die Neugier.

Gerade versuchte sie den Bindfaden zur Seite zu schieben, da spürte sie plötzlich einen starken Ruck. Mist, dachte sie, der Zug fuhr an. Im Fenster erschien das grinsende Gesicht ihres Klassenkameraden Ben, der ihr nur ein Wort zurief: „Warschau!" Halt, da wollte sie wirklich nicht hin. Doch der Zug bewegte sich bereits langsam und unaufhaltsam aus der riesigen, gläsernen Bahnhofshalle hinaus. Jetzt hieß es: entweder sofort handeln oder in fünf Stunden in Warschau aussteigen. Sie warf einen kurzen Blick auf das halb heruntergelassene Fenster im Gang. Dann ging alles sehr schnell. Zuerst plumpste ihre braune Tasche auf den Bahnsteig, direkt vor die Füße eines verdutzten Rentnerpaares. Edwina sprang mutig hinterher und landete ein paar Meter weiter, das Päckchen mit den Unterlagen fest an sich gedrückt.

Das war knapp. Wie gut, dass Leichtathletik ihre große Stärke war. Sprints, Hürdenlauf und Hochsprung. Wie im Training war sie sicher gelandet. Erleichtert sah Edwina den Schlusslichtern des Zuges nach, verstaute das Paket mit den Unterlagen in ihrem Rucksack und schlenderte auf ihre Mitschüler zu, die sie fassungslos anstarrten. Sie waren von Edwina einiges gewohnt, aber so einen Stunt hatte sie ihnen bisher noch nicht geboten.

## 1791

Die Zollmauer rund um Berlin bekommt ein neues Stadttor, das Brandenburger Tor. Obendrauf ein Triumphwagen mit vier Pferden, die Quadriga, die Napoleon 1806 für kurze Zeit nach Paris verschleppt.

„Von mir aus können wir jetzt los“, sagte Edwina mit gespielter Lässigkeit und wunderte sich einen Moment selbst über ihren Mut, einfach so aus dem Fenster eines fahrenden Zuges gesprungen zu sein. Aber sie hatte schließlich keine andere Wahl gehabt. Nur gut, dass Großvater die Aktion nicht gesehen hatte. Bei solchen Gelegenheiten pflegte er sich immer zu beklagen, dass Edwina den Hang zum Risiko von ihren Eltern geerbt hatte. Seine Tochter, Edwinas Mutter, war Fotografin gewesen und ihr Mann Journalist. Beide konnten sich ein Leben ohne Nervenkitzel, aufregende Reportagen und Katastrophenberichterstattung nicht vorstellen und hatten ihre kleine Tochter Edwina schon sehr früh der Obhut ihres Großvaters überlassen. Behütet und bekocht wurden beide von der fürsorglichen Haushälterin Karin, die versuchte, die Unruhe und Neugier, die dem Kind anscheinend angeboren war, zu bändigen. Keine einfache Aufgabe, denn seit dem zarten Alter von vier Jahren zeigte Edwina nicht nur einen ausgeprägten Willen. Sie wollte auch allen Dingen auf den Grund gehen. Und das gelang ihr schon sehr früh. Alles, was sie in die Finger bekam, nahm sie auseinander und baute es – erstaunlicherweise – auch wieder zusammen. Erst kürzlich hatte sie einem verdutzten Automechaniker erklärt, das klopfende Geräusch im Motor von Opas altem Käfer sei wahrscheinlich auf eine lockere Zylinderkopfdichtung zurückzuführen. Sie hatte recht und damit sogar ihrem Großvater imponiert.

Als sich Edwinas Puls etwas beruhigt hatte, setzte sich die Klasse auch schon in Bewegung. Jetzt erst kam sie dazu, sich in der gigantischen Bahnhofshalle umzusehen. So groß hatte sie sich den Bahnhof nicht vorgestellt. Wohin sie auch schaute, überall taten sich noch eine neue Ebene, eine Brücke oder ein weiterer Fahrstuhl auf. Fast wie auf dem Set eines Science-Fiction-Films. Das gefiel ihr.

Professor Bockelmeier, ihr Klassenlehrer, der in Wirklichkeit kein Professor war, aber den alle heimlich so nannten, war bereits voll in seinem Element. Während die Klasse dem Ausgang zustrebte, setzte er zum verbalen Sprint durch die deutsche Geschichte an. Kaiserreich, Erster Weltkrieg, Weimarer Republik, Nazi-Terror, 40 Jahre Teilung und Wiedervereinigung – das alles hatten sie in den letzten Wochen ausgiebig im Unterricht durchgenommen. Jetzt bot

Bockelmeier seinen Schülern mit dem Megafon in der Hand noch mal einen Schnelldurchlauf. Vom Bahnhof aus spazierte die Klasse über die Spree auf den Reichstag zu. Frau Rottach, die junge, etwas willensschwache Referendarin, war von Bockelmeier mit dem gesamten Gepäck in ein Taxi zum Jugendhotel gesetzt worden, wo für die Klasse für die nächsten fünf Nächte Zimmer reserviert waren. Sie würden am Abend nachkommen, hatte er Frau Rottach knapp informiert. In einer Stadt wie Berlin dürfe man keine Minute für Gepäcktransport und ähnliche Dinge verschwenden.

Bockelmeier hatte seinen Schülern bereits erklärt, dass Berlin nicht sei wie andere größe Städte, in denen man alle interessanten Sehenswürdigkeiten einfach abklappern konnte, um dann müde und etwas gelangweilt wieder nach Hause zu fahren. Berlin erwartete etwas mehr Einsatz von seinen Besuchern. Ein komplettes Bild der Stadt ergab sich erst, wenn man es Stück für Stück, wie ein Puzzle, im eigenen Kopf zusammensetzte. In Berlin war kaum ein Stein länger als 100 Jahre auf dem anderen geblieben. Krieg, Machtgier und Chaos, Kaiser, Könige und Präsidenten, Nazis und Kommunisten hatten die Stadt beherrscht, geformt, auseinandergerissen und immer wieder neu zusammengesetzt. Von den Bauten, die Berlins Geschichte geprägt hatten, standen nur noch wenige. Wer Berlin sehen wollte, brauchte bequemes Schuhwerk und jede Menge Fantasie. Von Letzterem hatte Bockelmeier mehr als genug. Denn Geschichte war nicht nur sein Unterrichtsfach – Geschichte war sein Leben. Wie kein Zweiter verstand er es, sie vor den Augen seiner Schüler lebendig werden zu lassen.

In den letzten Wochen hatte er alles zum Besten gegeben, was die Geschichte Berlins zu bieten hatte. Seine Methoden waren anschaulich und äußerst ungewöhnlich. Als sie die Römer durchnahmen, verwandelten seine Geschichten das Klassenzimmer in eine packende Gladiatorenschlacht, und als die Eiszeit dran war, bestand Bockelmeier mitten im Winter darauf, bei offenem Fenster zu unterrichten.

Jetzt robbte er sich gerade, russische Flüche ausstoßend, über die Treppen des Reichstages, ab und zu innehaltend, um eine imaginäre Maschinengewehrsalve auf die ebenso imaginären Soldaten des Dritten Reiches abzufeuern. Dabei steigerte er sich restlos in den Kampf gegen die letzten Stellungen der deutschen Wehrmacht hinein, die das Reichstagsgebäude 1945 gegen die russischen Truppen verteidigten, bis am 2. Mai 1945 nach langen Kämpfen endlich die russische Fahne auf dem Reichstag gehisst werden konnte. Mit solchen historischen Spontandarbietungen vertrieb er sich und der Klasse die Wartezeit in der Schlange zur Reichstagskuppel. Nach einer guten halben Stunde war er bei der Wiedervereinigung angekommen. Die Zeit des Kalten Krieges, den Mauerbau und den legendären Berlin-Besuch des amerikanischen Präsidenten John F. Kennedy in den 60er Jahren hatte er mit verstellten Stimme, Tanz und Gesang dargestellt. Eine japanische Reisegruppe zückte gerade ihre Portemonnaies, um den Professor angemessen zu entlohnen, da öffneten sich die Türen der Sicherheitskontrolle zum Sitz des Deutschen Bundestages. Die Klasse strömte in den riesigen Fahrstuhl, der sie zur Reichstagskuppel emporfuhr.

**1844**

Der Zoologische Garten wird als erster deutscher Zoo eröffnet. Friedrich Wilhelm IV. stiftet dafür die Tiere seiner Menagerie. Der neue Zoo lag für die Berliner damals jwd, also janz weit draußen, vor der Stadt.

Wenige Minuten später befanden sie sich unter der berühmten gläsernen Kuppel auf dem Dach des Reichstages. Im Wettlauf stürmten die Schüler den spiralförmigen Weg bis zum höchsten Punkt hinauf. Von hier oben hatte man eine spektakuläre Aussicht: das Kanzleramt, der Hauptbahnhof, die golden glitzernde Neue Synagoge und die Museumsinsel. Die Touristengruppen, die weit unten durch das Brandenburger Tor liefen und in Doppeldeckerbusse stiegen, um die Straße Unter den Linden hinaufzufahren, wirkten von hier oben wie Ameisen. Weiter hinten erkannte Edwina den Fernsehturm. Dort musste also der Alexanderplatz sein. Sie ließ den Blick über die Hochhäuser zu ihrer Rechten schweifen – das war bestimmt der Potsdamer Platz –, und das dichte Grün davor war der Tiergarten, der riesige Park mitten in Berlin, mit Seen, Biergärten und dem berühmten Berliner Zoo. Eine Reihe mehrspuriger Straßen durchkreuzte die wogende Fläche der grünen Baumkronen und führte auf einen Kreisverkehr, in dessen Mitte eine himmelhohe Säule stand, auf der ein goldener Engel thronte. Edwina hatte gewusst, dass Berlin groß war, aber jetzt, wo sie über dem Ozean aus Häusern und Straßen stand, dessen Ende nicht erkennbar war, spürte sie erst, wie groß. Die Geräusche der Stadt drangen nur als leises Rauschen zu ihr nach oben. Vom Dach des Reichstages sah Berlin aus wie ein riesiges Brettspiel. Gleich, wenn sie wieder mit dem Fahrstuhl hinuntergefahren sein würden, würde sie selbst zu einer dieser Spielfigur im turbulenten Treiben der Stadt werden. Was würde sie hier in den nächsten Tagen alles erwarten?

Edwina spürte das Paket für Florian Schimmelpfennig in ihrem Rucksack. Eben im Zug hatte sie gesehen, dass sich unter den Papieren auch ein alter Stadtplan von Berlin befand. Die Unterlagen hatten also etwas mit dieser Stadt zu tun. Wenn sie doch nur mehr hätte erkennen können! Was hatte ihr Großvater sich nur dabei gedacht, als er ihr jegliche Neugierde verboten hatte? Er wusste doch genau, dass dies praktisch ein Ding der Unmöglichkeit war. Aber sie nahm sich dennoch ganz fest vor, ausnahmsweise mal ein braves Mädchen zu sein. Geduld Edwina, ermahnte sie sich. Sicher würde sie bei Florian Schimmelpfennig alles über den Inhalt des Pakets erfahren. Bisher wusste sie nur, dass der Freund ihres

Großvaters vor 40 Jahren nach Australien ausgewandert war und dort ein Vermögen als Straußenfarmer gemacht hatte. Was ihn jetzt wieder nach Berlin, an den Ort seiner Kindheit und Jugend, zog, hatte Schimmelpfennig dem Großvater nicht verraten wollen, als er sich vor ein paar Tagen vollkommen überraschend gemeldet hatte. Florian Schimmelpfennig bat Edwinas Großvater lediglich, ihm das Aktenbündel zu schicken. „Schicken?“, hatte Großvater missbilligend gefragt. „Das ist nicht meine Art. Ich lasse es dir bringen.“ Er hatte natürlich Edwinas Klassenfahrt nach Berlin im Kopf gehabt, wohl wissend, dass seine Enkelin ihm diesen kleinen Gefallen gerne tun würde. Und, richtig, den australischen Straußenfarmer mit der bewegten Vergangenheit wollte Edwina unbedingt kennenlernen.

Professor Bockelmeier rief die Klasse zusammen: „So meine Lieben. Für heute haben wir lange genug aufeinandergehockt. Ich brauche jetzt mal eine Pause von euch und ihr wahrscheinlich auch von mir. Bewährt euch also allein in der Großstadt. Ihr wisst ja, wie das geht. Ich habe es euch zumindest in den letzten Wochen oft genug erklärt. Die Adresse des Jugendhotels, U-Bahn-Pläne und meine Handynummer habt ihr. Wir sehen uns um 19 Uhr zum Abendessen in der Hansastraße. Und seid bitte pünktlich, denkt an das schwache Herz eures alten Lehrers. Ich soll mich nicht unnötig aufregen, hat mein Tierarzt gesagt.“

Lachend und johlend schlenderte die Klasse in Grüppchen in Richtung Fahrstuhl. Die meisten von ihnen nahmen Kurs auf das Sony Center am Potsdamer Platz; sein großes gläsernes Zeltdach war von der Reichstagskuppel aus gut zu sehen gewesen. Edwina wusste, dass ihr Ziel für den Nachmittag sehr viel aufregender sein würde als die Computerspiele und Video-Konsolen, die ihre Klassenkameraden im Sony Center erwarteten.

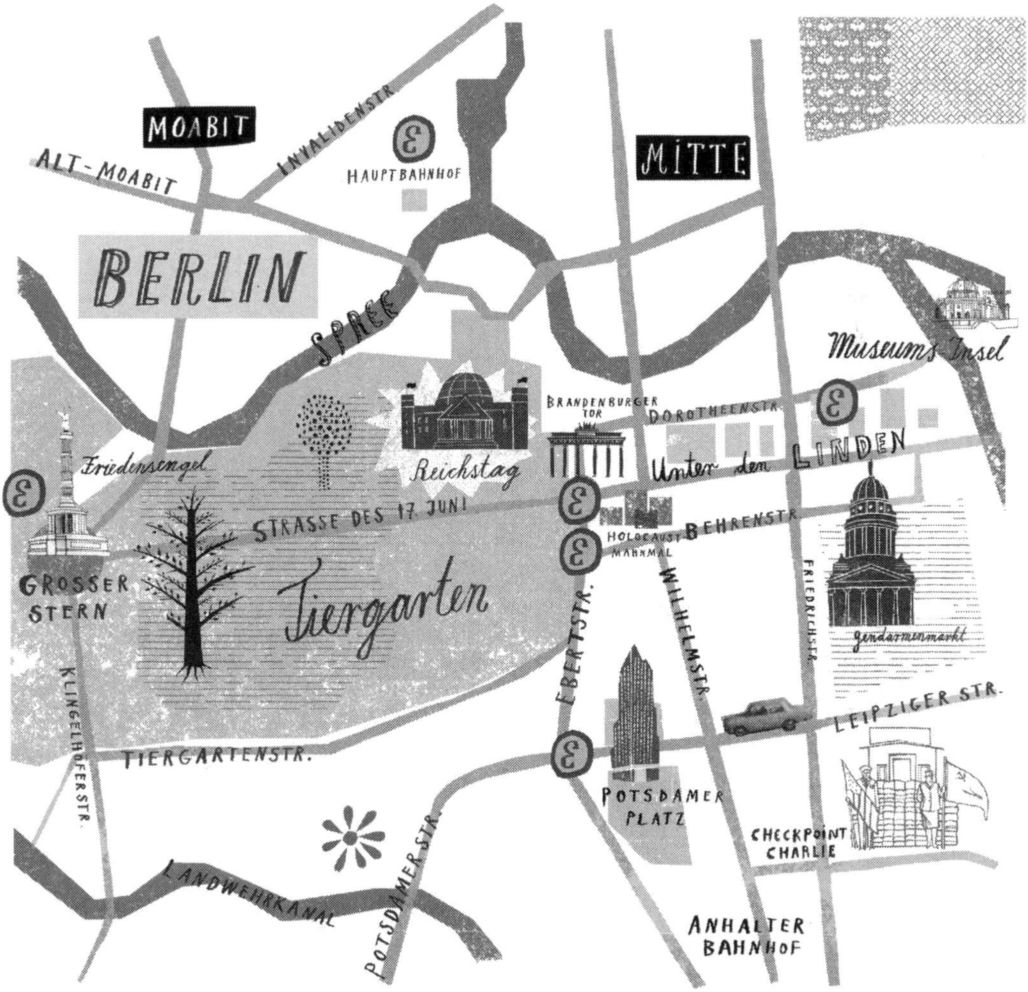
MOABIT
ALT-MOABIT
INVALIDENSTR.
HAUPTBAHNHOF
MITTE
BERLIN
SPREE
Museums Insel
BRANDENBURGER TOR
DOROTHEENSTR.
Friedensengel
Reichstag
Unter den LINDEN
STRASSE DES 17 JUNI
HOLOCAUST MAHNMAL
BEHRENSTR.
GROSSER STERN
Tiergarten
EBERTSTR.
WILHELMSTR.
FRIEDRICHSTR.
Gendarmenmarkt
KLINGELHÖFERSTR.
LEIPZIGER STR.
TIERGARTENSTR.
POTSDAMER PLATZ
CHECKPOINT CHARLIE
LANDWEHRKANAL
POTSDAMER STR.
ANHALTER BAHNHOF

2. Kapitel

# Ein folgenreicher Besuch

Edwina stieg gleich vor dem Reichstag in den Bus Linie 100, einen der großen Berliner Doppeldecker-Busse. Sie hatte Glück. Ganz vorne in der ersten Reihe des Oberdecks war noch ein Platz frei. Hier saß sie nun und fühlte sich wie auf dem Ausguck eines Schiffes, während der Bus bei jeder Kurve schwankend in Richtung Bahnhof Zoo gondelte. Es ging quer durch den Tiergarten, dann am Tauentzien entlang und vorbei an der Gedächtniskirche, die im Zweiten Weltkrieg zerstört worden war und deren Ruine als Mahnung stehen gelassen wurde. Der eingestürzte Kirchturm war viele Jahre lang das wichtigste Wahrzeichen West-Berlins gewesen. Am Bahnhof Zoo stieg Edwina aus und folgte dem Strom von Menschen, die in Richtung U-Bahn gingen. Sie zwängte sich in einen voll besetzten Wagen und versuchte sich nicht anmerken zu lassen, dass sie noch nie in ihrem Leben U-Bahn gefahren war. „Zurückbleiben bitte!“, dröhnte es hart und streng aus den Lautsprechern auf dem unterirdischen Bahnsteig, und die Türen schlossen sich mit einem lauten Krachen.

Fünfzehn Minuten später fuhr der Zug in den Hochbahnhof Kottbusser Tor ein. Zusammen mit einer Gruppe laut quatschender deutschtürkischer Schulkinder ging sie die schwere gusseiserne Treppe hinunter und fühlte sich plötzlich wie in einer anderen Welt. Gemüsestände mit Bergen von Granatäpfeln, Kebab-Läden, türkische Bäckereien und Teestuben reihten sich aneinander. Dazwischen Frauen jeden Alters und Formats, manche ganz in Schwarz gekleidet, andere mit bunten Kopftüchern, Kinderwagen schiebend. Das war also auch Berlin. Edwina saugte die exotischen Eindrücke begeistert auf, während sie die Oranienstraße entlangschlenderte. Mit der warmen Nachmittagssonne im Gesicht fühlte sie sich, als wäre sie in der Türkei.

„Florian Schimmelpfennig, Oranienstraße 17“ stand auf dem Zettel, den der Großvater ihr zusammen mit dem Paket übergeben hatte. Wenige Minuten später fand sie die Adresse. Es war eins der typischen großen Berliner Mietshäuser, wie es sie überall in der Stadt gab. Im Vorderhaus zur Straße hin gab es stattliche Wohnungen mit Stuck und Flügeltüren, während die Wohnungen im Seitenflügel und Hinterhaus kleiner und bescheidener waren, mit zwei bis drei Zimmern und Blick auf den Hof. Hier, in den kleinen, dunklen Wohnungen, lebten früher die Handwerker und Händler, die in den Hinterhöfen Kohlenhandlungen, Wagenmachereien und kleine Manufakturen betrieben.

Edwina ging die breite Treppe des schön renovierten Vorderhauses hinauf und klingelte im zweiten Stock. Der Mann, der ihr öffnete, sah jünger aus, als sie gedacht hatte. Das graue Haar war kurz geschnitten, er trug eine Hose mit ungewöhnlich vielen Taschen, ein knallrotes Hemd und ein wild gemustertes Halstuch. Edwina hatte einen greisen Opa erwartet; von dem lässig gekleideten, gar nicht so alt wirkenden älteren Herren, der ihr jetzt gegenüberstand, war sie angenehm überrascht.

„Du musst Edwina sein, die Enkelin von Nepomuk“, begrüßte er sie mit einem kräftigen Händedruck. „Ich bin Florian, komm doch bitte rein.“

Edwina trat in den großen Flur. Dass der Freund ihres Großvaters gerade erst angekommen war, ließ sich nicht übersehen. Überall auf dem Boden standen Holzkisten herum, teilweise noch verschlossen. Einige waren schon ausgepackt, Bücher türmten sich in einer Ecke, Kissen und bunte Decken schauten aus einem großen Seesack heraus. Am Ende des Flures stand ein riesiger ausgestopfter Vogel Strauß. „Das ist Rotraud“, erklärte Florian der staunenden Edwina. „Mit ihr habe ich 1966 meine Straußenzucht nördlich von Alice Springs begonnen. Rotraud ist fast 36 Jahre alt geworden und hat zeit ihres Lebens Hunderte von Eiern für mich gelegt. Sie war sozusagen die Mutter der 20.000 Strauße auf meiner Farm. Als es dann mit ihr zu Ende ging, habe ich es nicht übers Herz gebracht, sie einfach zu Geflügelpastete verarbeiten zu lassen. Sie bekam einen Ehrenplatz in meinem Wohnzimmer in Alice Springs, und hier in Berlin soll das nicht anders sein."

Edwina schaute sich neugierig um und bemerkte erst gar nicht, dass Florian Schimmelpfennig sie erwartungsvoll anblickte. „Ich dachte, du hättest mir etwas mitgebracht." Sie fühlte sich ertappt und grinste verlegen. Ja richtig, das Paket, das hatte sie für einen Augenblick fast vergessen. „Entschuldigen Sie, bitte ..." Florian fiel ihr ins Wort „Edwina, sag doch bitte du, sonst komme ich mir noch viel älter vor, als ich es ohnehin schon bin." Edwina nickte erfreut, stellte ihren Rucksack ab und zog das Paket heraus: „Das soll ich", sie machte eine kleine bedeutungsvolle Pause und lächelte, „dir mit sehr schönen Grüßen von meinem Großvater überreichen." Florian Schimmelpfennig nahm das Bündel Papiere, legte es auf einer der noch geschlossenen Kisten ab, wandte sich wieder Edwina zu und sagte mit ehrlichem Bedauern: „Schade, dass ich heute kein guter Gastgeber sein kann. Hier herrscht, wie du siehst, zurzeit noch das absolute Chaos. Aber du bist ja noch ein paar Tage in Berlin? Wie wäre es, wenn du zum Beispiel am Freitagabend auf ein Straußensteak bei mir vorbeikommen würdest? Bis dahin hat sich das hier sicher etwas gelichtet." Demonstrativ schob er mit dem Fuß eine der Kisten aus dem Weg. „Was meinst du, hast du Lust?"

*1907*

Das KaDeWe, das Kaufhaus des Westens wird gegründet. Weit ab vom eigentlichen Zentrum Berlins, aber gut erreichbar durch die ebenfalls nagelneue erste Hoch- und Untergrundbahn.

Edwina schluckte ihre Enttäuschung hinunter. Freitagabend, bis dahin waren es noch ganze vier Tage. Sollte sie etwa so lange warten, um zu erfahren, was sich in dem Paket befand, das sie quer durch Deutschland und halb Berlin geschleppt hatte? Doch was blieb ihr anderes übrig, also sagte sie mit leicht gequältem Lächeln: „Freitagabend, ja warum nicht."

Florian Schimmelpfennig, der merkte, dass etwas nicht stimmte, schaute sie fragend an: „Aber?" Edwina lächelte unsicher: „Ich...", sie blickte auf das Paket, „... ich habe mich die ganze Zeit gefragt, was wohl in diesem Paket sein könnte", brachte sie schließlich heraus.

„Ach deshalb machst du so ein verzweifeltes Gesicht", sagte Florian erleichtert. „Ich dachte schon, meine Einladung sei dir auf den Magen geschlagen." Er warf Edwina einen freundlichen Blick zu: „Klar, du bist neugierig. Du, ich bin es auch. Ehrlich gesagt, kann ich mich kaum mehr daran erinnern, was ich in diesem Päckchen vor 40 Jahren alles deponiert habe." Er winkte Edwina zu sich heran, dann riss er kräftig an dem morschen Bindfaden und öffnete den vergilbten Aktendeckel.

Eine kleine Staubwolke erhob sich und Florian pustete die vor ihm liegende erste Seite frei. Es war ein altes Zeugnis. Sexta stand darauf, daneben der Name Florian Schimmelpfennig und jede Menge Dreien und Vieren. Florian zog eine Augenbraue hoch und blätterte weiter. Wie Edwina bereits im Zug gesehen hatte, handelte es sich um eine bunte Mischung aus Briefen, Dokumenten, gezeichneten Skizzen und Plänen. Beim Blättern fiel ein Foto zu Boden, Edwina hob es auf und betrachtete es. „Bist du das?", fragte sie belustigt und zeigte auf den kleinsten von drei Jungs, die auf der alten Schwarz-Weiß-Aufnahme zu sehen waren. Der kleine Kerl mit den kurzen blonden Locken hatte das gleiche Lächeln wie der fast 70 Jahre alte Mann, der jetzt neben ihr stand. Das Foto zeigte den kleinen Florian in einer viel zu großen Jacke mit mehrfach aufgekrempelten Ärmeln. Links neben ihm stand ein kräftiger Junge, der einen Kopf größer und mindestens zwei Jahre älter war, und rechts ein schmächtiger kleiner Kerl mit kurzer Hose, Brille und schmutzigen Knien.

„Dass es dieses Foto von uns dreien gibt, hatte ich ganz vergessen." Florian schüttelte leicht ungläubig den Kopf. „Es muss im März 1945 aufgenommen worden sein." Nachdenklich murmelte er: „Die Hüter des Schatzes vor dem Schloss des Priamos." „Das Schloss des was…?", hakte Edwina nach, denn im Hintergrund konnte sie lediglich ein halb zerstörtes Haus erkennen. „…des Priamos", ergänzte Florian und reichte ihr das kleine Foto mit der altmodisch gezackten Kante zur näheren Betrachtung. „Aber warum Schloss?", fragte Edwina und blickte interessiert zu ihm auf.

Florian blickte zu Edwina: „Das Foto ist über 60 Jahre alt, das muss kurz vor Ende des Zweiten Weltkriegs gewesen sein, Februar oder März 1945. Berlin war eine zerstörte Stadt. Zwei Drittel aller Häuser waren von Bomben zerstört. Überall eingestürzte Gebäude, Trümmer, ausgebrannte Fassaden. Die meisten Kinder waren zu ihrem Glück aufs Land evakuiert worden. Aber einige konnten nicht weg aus Berlin, oder wollten nicht weg oder beides. Meine beiden Freunde und ich gehörten dazu. Wir waren uns mehr oder weniger selbst überlassen. Das Schloss des Priamos war unser Geheimversteck. Früher war es ein prachtvoller Tanzsaal gewesen, der über einem beliebten Ballhaus lag. Heute würde man dazu wohl Disco sagen. Wir liebten diesen Ort. Hier waren wir weit weg von der Welt draußen. Alles stand voller Gerümpel. Wir hatten es uns mit den alten Sachen gemütlich eingerichtet und fanden es herrlich."

Edwina hing an seinen Lippen: „Und…?", drängte sie ihn weiter. „Ja, was soll ich sagen, das Schloss des Priamos war unser Treffpunkt, unser Spielplatz, eigentlich unser Zuhause. Ein Versteck vor der Welt, die da draußen unter Bomben und Granaten zusammenbrach." Florian schaute noch einmal auf das Foto in seinen Händen, immer mehr Erinnerungen schienen in ihm hochzusteigen. „Sobald wir den Saal durch eine versteckte Seitentür betraten, standen wir im Dienste des reichen und mächtigen trojanischen Königs Priamos. Meine Freunde und ich waren natürlich tapfere trojanische Kämpfer." Er lächelte Edwina verlegen zu. „Das sieht man uns auf dem Foto gar nicht an, oder?" Edwina schüttelte lachend den Kopf. „Nein, wirklich nicht." Sie stand jetzt neben ihm und blätterte die anderen Unterlagen vorsichtig durch. „Und diese Karten, Briefe und Aufzeichnungen, was haben die zu bedeuten?“ Florian stand auf und nahm ihr behutsam das Papierbündel aus der Hand und schloss den Aktendeckel. „Ganz schön neugierig, kleines Fräulein. Du witterst da wohl ein Geheimnis, was? Ich kann dir verraten, es gibt auch eins. Aber das ist eine sehr lange Geschichte.“

Florian machte jetzt plötzlich ein ernstes Gesicht. „Du musst wissen, dass ich auch neugierig bin, eigentlich versuche ich schon fast mein ganzes Leben lang, dieses Geheimnis zu ergründen. Ich hoffe, dass es mir jetzt, wo ich wieder hier in Berlin bin, gelingen wird.“ Er wandte sich mit einem Lächeln wieder Edwina zu: „Steht unsere Verabredung für Freitag? Dann kann ich dir die Geschichte in aller Ruhe erzählen.“ Edwina nickte. „Okay“, sagte Florian, „passt dir 19 Uhr?“ „Hört sich gut an“, antwortete Edwina. Sie griff nach ihrem Rucksack und ging von Florian begleitet zur Tür.

Da klingelte das Telefon. „Einen Moment, meine Liebe.“ Mit schnellen Schritten schlängelte sich Florian zwischen den Kisten hindurch und griff nach dem Telefonapparat, der in der hintersten Ecke des Flures auf dem Boden stand. „Hallo“, sagte er mit freundlicher Stimme. Nach einer Pause wiederholte er noch einmal: „Hallo?“ Und schließlich lauter: „Hallo?! Wer ist denn da?“ Am anderen Ende der Leitung schien jemand zu antworten, und plötzlich veränderte sich Florians Haltung. Sein Gesicht nahm einen ernsten Ausdruck an, und sein ganzer Körper spannte sich. Als würde er ein Gespenst am anderen Ende der Leitung vermuten, fragte er mit ungläubiger Stimme: „Booster? Was willst du?“ Es folgte eine kurze Pause. Florian atmete erregt und zischte dann ins Telefon: „Nein, das tust du nicht… ich… Booster?“ Florian ließ den Hörer langsam sinken, der Anrufer am anderen Ende hatte offenbar aufgelegt.

Mit leerem Blick starrte Florian auf den Boden. „Werde ich den denn niemals los?“, murmelte er leise zu sich selbst. Edwina wusste nicht recht, wie sie sich verhalten sollte. „Das war wohl kein angenehmer Anruf“, sagte sie vorsichtig. Sie legte ihre Hand auf die Klinke der Eingangstür. Besser, sie verschwand jetzt schnell. „Ich geh dann mal.“ Florian war immer noch nicht wieder ganz bei sich. „Ja…“, sagte er, hob den Kopf und zwang sich zu einem Lächeln: „… und danke, dass du mir das Paket gebracht hast.“

## 1910

Zwei Millionen Menschen leben in der Stadt. Die meisten dicht gedrängt in Mietskasernen, mit Plumpsklo und Wasserhahn auf dem Hof. Eine Familie mit sechs Kindern in einem einzigen Zimmer, das ist in Kreuzberg normal.

„Kein Problem, so einen kleinen Sicherheitstransport übernehme ich doch gerne“, erwiderte Edwina. Bei diesen Worten schien das Leben plötzlich in Florian zurückzukehren. Er schaute Edwina durchdringend an. „Sicherheitstransport?“, sagte er mit einem nachdenklichen Unterton. „Würdest du mir vielleicht noch einmal so einen Gefallen tun?“ „Klar, wenn ich mal wieder nach Berlin komme“, sagte Edwina höflich, aber etwas irritiert. „Nein, nein. Ich meine jetzt gleich. Hättest du noch zwei Minuten Zeit? Ich brauche nur einen Augenblick.“ Florian drehte sich um und verschwand in einem der Räume, die vom Flur abgehen.

Edwina war verwirrt: erst dieser Anruf und dann Florians merkwürdige Bitte. Mal sehen, was er jetzt von ihr wollte. Sie nutzte die Gelegenheit und schaute sich noch einmal um. Die große Tür zu ihrer Linken war nur angelehnt. Der Raum dahinter war bereits eingerichtet. In der Mitte stand ein großer Tisch mit Stapeln von Unterlagen. An den Wänden hingen Pläne, Skizzen und Fotos. Waren das nicht Stadtpläne von Berlin? Und die Zeichnungen dort an der Wand, genau die gleichen hatte sie doch eben in der Mappe gesehen! Das ganze Zimmer sah aus wie eine Mischung aus Kommandozentrale und archäologischem Museum. Gerade als Edwina einen Schritt in das Zimmer hinein machen wollte, spürte sie eine Hand auf ihrer Schulter. Erschrocken drehte sie sich um.

Florian stand hinter ihr: „Immer diese Neugier“, sagte er mit gespielt strenger Stimme. „Wenn dich das alles so brennend interessiert, will ich dir jetzt schon mal den wichtigsten Teil meines Geheimnisses anvertrauen.“ Edwina schaute Florian überrascht an. Im gleichen Moment zog er ein kleines kompaktes Paket hinter seinem Rücken hervor. „Ich nehme dein Angebot mit dem Sicherheitstransport an. Jetzt ist nicht der richtige Zeitpunkt, dir mehr darüber zu erzählen.“ Er schaute Edwina fest in die Augen. „Ich kenne dich zwar kaum, aber ich vertraue dir. Versprich mir, dass du niemandem von diesem Päckchen erzählst und es unter keinen Umständen aus der Hand gibst. So lange, bis wir uns wiedersehen. Verstanden?“

Edwina wurde es mulmig, die Sache war wirklich ernst. Florian schien auf ihre Hilfe angewiesen zu sein. Trotz des Kloßes in ihrem Hals nickte sie zum Zeichen des Einverständnisses, ergriff das Paket und legte es in ihren Rucksack. Da schob Florian sie bereits eilig in Richtung Tür. Erst als sie schon halb im Hausflur stand, nahm Edwina ihren ganzen Mut zusammen und fragte vorsichtig: „Bis wir uns wiedersehen? Das heißt doch, bis Freitagabend, oder?“ Florian antwortete mit ernstem Gesicht: „Ja, das hoffe ich.“

3. Kapitel

# Spurlos verschwunden

Die Unterkunft der Klasse 8c lag idyllisch in einer von großen Bäumen bestandenen Allee am Rande des Tiergartens. Edwina war schon frühmorgens vom Zwitschern der Vögel geweckt worden. Solch lautstarke Klänge aus der Natur hatte sie in einer Großstadt wie Berlin nicht erwartet. Ohne ihre Zimmermitbewohnerinnen zu wecken, zog sie sich an und ging die knarrende, weit geschwungene Holztreppe der zum Jugendhotel umfunktionierten, herrschaftlichen alten Villa hinunter. Der zum Garten gelegene ehemalige Salon war jetzt ein mit mehreren Tischen und kleinem Buffet ausgestatteter Frühstücksraum. Heute Morgen war Edwina die Erste. Ihr Blick fiel auf ein Blatt, das Bockelmeier wohl schon gestern Abend auf den Tischen verteilt hatte. Der Ablaufplan für den jeweiligen Tag. Heute stand eine Rallye durch ganz Berlin auf dem Programm. Eine überdimensionierte Schnitzeljagd, bei der sich die Schüler in kleinen Gruppen durch die Stadt bewegten, Aufgaben lösen mussten und dann jeweils über eine SMS des Lehrers die nächsten Anweisungen empfingen. Zum Glück hielt Bockelmeier wenig davon, mit seiner Klasse in Reih und Glied durch die Stadt zu marschieren. Stattdessen hatte er für jeden Tag der Klassenfahrt ein besonderes Programm vorbereitet.

Edwina ging zum Buffet, um sich ihr Frühstück zu holen. Sie war so in Gedanken vertieft, dass sie fast Orangensaft über ihre Cornflakes gegossen hätte. Der gestrige Besuch bei Florian Schimmelpfennig hatte sie total verwirrt. Die Wohnung, die Kisten, das

Durcheinander und der Anruf, der den gestandenen australischen Straußenfarmer ziemlich aus der Bahn geworfen hatte. Mit ihrem Schüsselchen Cornflakes setzte sich Edwina ans Fenster. Während sie den Löffel zwischen Schale und Mund hin- und her wandern ließ, versuchte sie Antworten zu finden auf die vielen Fragen, die ihr durch den Kopf gingen.

Wer war der mysteriöse Anrufer gewesen? Was hatte er von Florian gewollt? Und was war das für ein Geheimnis, zu dem auch das Päckchen gehörte, das Florian ihr gestern in aller Eile anvertraut hatte? Der Anruf hatte ihn sichtlich in Angst versetzt, sein sonnengegerbtes Gesicht war Edwina plötzlich kreidebleich erschienen. Sie hatte mehr als deutlich gespürt, dass Florian in Gefahr war. Und dann hatte er ihr ganz plötzlich mir nichts, dir nichts dieses Päckchen gegeben. Vielleicht hatte Florian das Gefühl gehabt, dass es in seiner Wohnung nicht mehr sicher war. Langsam, langsam, sagte Edwina zu sich selbst, sie fing schon wieder an sich Räubergeschichten auszudenken. Aber das waren diesmal doch wirklich keine Hirngespinste. Das Paket war echt. Und Florian hatte es ihr gegeben, obwohl er sie noch nie vorher in seinem Leben gesehen hatte. Sein Vertrauen ehrte sie ja, aber trotzdem stimmte da irgendetwas nicht. Entweder war Florian ein grandioser Schauspieler und hatte sich mit ihr einen blöden Scherz erlaubt, oder er dachte wirklich, dass seine Wohnung nicht mehr sicher war. Vielleicht hatten sich die Leute, die es auf den Inhalt des Paketes abgesehen hatten, schon ganz in der Nähe postiert? Es wäre zu auffällig gewesen, wenn Florian selbst das Haus verlassen hätte, aber das 13-jährige Mädchen mit der Schirmmütze kannte ja niemand.

Was konnte nur in dem Päckchen sein? Irgendeine Erklärung für Florians Verhalten würde sie darin bestimmt finden. Sie würde auch nur einen kurzen Blick hineinwerfen und dann alles wieder so verpacken, wie es gewesen war. Das müsste doch niemand wissen. Und warum bis Freitag warten, wenn sie jetzt gleich mehr erfahren konnte? Suchend schaute sie sich um. Wo gab es hier ein ungestörtes Plätzchen? Noch war alles ruhig im Haus. Jetzt war also die beste Gelegenheit. Die Terrassentür stand offen und sie schlenderte hinaus in den weitläufigen Garten. Als sie in der hintersten Ecke angekommen war, schaute sie sich noch einmal nach allen Seiten um, setzte sich hinter einem Gebüsch ins Gras und öffnete den Rucksack.

Langsam drehte Edwina das Päckchen in ihrer Hand. Es war überraschend schwer. Durch das braune Packpapier spürte sie die Konturen einer Kiste oder Schatulle. Vorsichtig löste sie die Schnur und öffnete das Papier. Zum Vorschein kam ein dunkel glänzendes Kästchen aus Mahagoniholz. Edwina musste schlucken. Auf dem Deckel der eleganten Schatulle war eine fein gearbeitete Intarsie angebracht, die einen antiken Krieger im Profil darstellte. Edwinas Neugier wurde immer größer, sie hielt den Atem an und schob vorsichtig den kleinen Riegel des zierlichen Verschlusses nach links. Noch einmal schaute sie sich um. Nein, hier war niemand, der sie beobachtete.

Als sie den Deckel anhob, sprang er mithilfe eines versteckten Mechanismus von selbst auf. Vor ihr lag in einem roten Samtfutteral ein altertümlich wirkender Gegenstand mit zwei schmalen Enden, eine Art Kelch oder Pokal. Die Sonnenstrahlen brachen sich in den einfachen Rundungen und Vertiefungen, die vor langer Zeit bei seiner Bearbeitung entstanden sein mussten. Der antike Gegenstand war aus purem Gold, das sah Edwina sofort. Sie betrachtete ihn einige Minuten eingehend. Was war das für ein seltsamer Pokal? Woher stammte er? Und was hatte Florian damit zu tun? Gestern bei der Übergabe hatte er etwas von einem Geheimnis gesagt und davon, dass dieses Paket ein Teil davon sei. Wieder besah sie sich den schimmernden Gegenstand. Was hatte sich Herr Florian Schimmelpfennig nur dabei gedacht, einem Mädchen wie ihr einen so kostbaren Gegenstand einfach so in die Hand zu drücken? Der Mensch musste verrückt sein oder in höchster Gefahr oder beides. Eines war sicher: Sie konnte unmöglich warten, um der Sache auf den Grund zu gehen. Außerdem würde sie Berlins Sehenswürdigkeiten bestimmt nicht mit einem antiken goldenen Pokal im Rucksack abklappern. Das Paket musste zurück zu Florian, ob es ihm recht war oder nicht. Für einen Augenblick dachte sie daran, ihren Großvater anzurufen. Aber nein, sie nahm die Sache lieber selbst in die Hand. Jetzt, wo sie schon mal in Berlin war. Aber wie sollte sie Zeit finden, noch einmal zu Florian nach Kreuzberg zu fahren? Heute stand doch die Rallye auf dem Programm. Richtig, die Rallye, durchzuckte es Edwina, das war doch die perfekte Möglichkeit, sich für ein paar Stunden unbemerkt abzusetzen. Sie musste nur jemanden aus der Klasse finden, der sie pro forma in seiner Rallye Gruppe anmeldete. Ben würde das sicher übernehmen, er war immer offen für solche kleinen Gefallen, stellte keine Fragen und würde sie per SMS auf dem Laufenden halten.

*1918*

2,6 Millionen Kriegsversehrte kommen aus dem Ersten Weltkrieg zurück. Künstler wie George Grosz und Otto Dix halten in ihren Bildern fest, wie sie mit Krücken und auf Holzstümpfen durch die Straßen Berlins humpeln.

Eine knappe Stunde später betrat Edwina in der Oranienstraße das Haus, in dem Florians Wohnung lag. Langsam stieg sie die Treppe hinauf. Ein Trupp Männer mit weißen Anzügen und Koffern in der Hand kam ihr entgegen – die sahen aus wie die Leute von der Spurensicherung aus den Krimis im Fernsehen. Die Tür von Florians Wohnung stand offen. Edwina schaute vorsichtig hinein. Eine Stimme ließ sie zusammenzucken. „Wohnst du hier?", fragte ein älterer Polizist mit schütterem, zurückgekämmtem, dunklem Haar. „Äh, nein", stammelte Edwina erschrocken. Dann fing sie sich und ergänzte: „Ich wollte Florian Schimmelpfennig besuchen." Der Polizist schüttelte den Kopf und sagte: „Tja, junges Fräulein, der ist nicht da." Edwina schaute ihn fragend an, der Beamte zögerte und sagte dann: „In seiner Abwesenheit scheint bei ihm eingebrochen worden zu sein. Die Nachbarin", er blickte zur gegenüberliegenden Tür, „hat uns alarmiert." Er schaute auf den Türrahmen: An der Stelle, an der einmal das Schloss gewesen war, waren Holz und Mauerwerk verkohlt und geborsten. „Vielleicht hat er ja auch selbst die Tür aufgesprengt", setzte er im ironischen Ton fort, „aber das erscheint mir eher unwahrscheinlich." Edwina machte ein ernstes Gesicht und fragte: „Und wo ist er jetzt?" „Das kann ich dir auch nicht sagen", sagte der Polizist und schob sich den Gürtel seiner schlecht sitzenden Hose zurecht, „aber er wird schon wieder auftauchen." „Und wenn nicht?", fragte Edwina mit ängstlicher Stimme. „Vielleicht ...", sie zögerte einen Moment, dann sagte sie schließlich: „Vielleicht hat man ihn entführt." Der Polizist schaute sie an und nickte anerkennend. „Na du hast ja 'ne Fantasie." Er ging auf Edwina zu, um ihr die Sache näher zu erklären. „In der Regel sind die Leute ja nicht zu Haus, wenn bei ihnen eingebrochen wird. Ist ja auch logisch. Wer einbricht, will ja auch ungestört an Beute kommen. Wir werden dann meist von den Nachbarn gerufen. Kommen, nehmen den Fall auf, und wenn der gute Herr Schimmelpfennig heute Abend nach Hause kommt, findet er einen Hinweis an der Tür und ruft uns an." Edwina hakte nach: „Und wenn er nicht nach Hause kommt?" „Dann bleibt er wo er ist, wir nehmen den Einbruch auf. Fertig. Das war's für uns." Er schrieb etwas in sein Notizbuch. „Das hier ist ein freies Land, jeder Bürger kann seinen Aufenthaltsort selbst bestimmen." Er schaute Edwina an, als wollte er fragen, ob sie das verstanden hätte. „Und um deine Frage vorwegzunehmen. Eine Vermisstenanzeige ist erst nach zehn Tagen möglich. Falls du eine aufgeben möchtest. So und nun lass mich mal bitte meine Arbeit machen. Ich brauch noch eine Aussage von der Dame gegenüber." Er ging auf die Tür von Florians Nachbarin zu.

Den Polizist schien die Entführung von Florian überhaupt nicht zu kratzen, aber wie konnte er nur ein so offensichtliches Verbrechen einfach ignorieren?! Edwina schnappte nach Luft, doch bevor sie etwas sagen konnte, hatte der Polizist auch schon an der Tür gegenüber geklingelt. Er drehte sich noch einmal um und sagte mit gelangweiltem Unterton: „Und wenn du auch etwas zu Protokoll geben möchtest, kommst du am besten heute Nachmittag auf die Wache."

Eine nicht mehr ganz junge, stark geschminkte Frau im Morgenmantel öffnete ihm die Tür. „Entschuldigen Sie", sagte der Polizist überfreundlich. „Es hat etwas länger gedauert, aber jetzt kann ich Ihre Aussage aufnehmen." „Gerne, Herr Kommissar", antwortete die Frau und schenkte ihm ein breites Lächeln. „Ich habe schon Kaffee für uns beide gemacht." „Kaffee, oh das klingt gut", sagte der Kriminalbeamte.

Hatte sie es doch gleich gewusst. Die Polizei nahm ein 13-jähriges Mädchen wie sie nicht ernst. Edwina blieb alleine im Hausflur zurück und schaute sich um. Die Tür zu Florians Wohnung war nur angelehnt. Durch den offenen Spalt konnte sie die im Flur umgefallenen Kisten und den zerstreuten Inhalt erkennen. Die Einbrecher hatten wirklich ganze Arbeit geleistet und alles durchwühlt. Sogar den ausgestopften Strauß hatten sie aufgeschnitten, überall lagen Federn und Holzwolle herum.

Aus der gegenüberliegenden Wohnung hörte Edwina den Polizisten und die Nachbarin laut lachen. Die beiden schienen keine Eile zu haben, es würde sicher noch eine ganze Weile dauern, bis er wieder herauskommen würde. Leise schob sich Edwina in den Flur. Auch das Zimmer, das sie gestern nur kurz betreten hatte, war vollständig durchwühlt worden. Neugierig schlich sie sich ein zweites Mal hinein.

Die Morgensonne fiel gerade durch das Fenster und ließ den Staub auf ihren Strahlen tanzen. Papiere, Bücher und Ordner, die gestern noch ordentlich auf dem Tisch gelegen hatten, waren jetzt überall auf dem Fußboden verstreut. Edwinas Blick fiel auf eine Reihe von Fotos an der linken Wand. Sie zeigten den Pokal, den sie in ihrem Rucksack trug, aus den unterschiedlichsten Perspektiven. Daneben hingen mehrere große Farbtafeln, auf denen weitere goldene Gegenstände abgebildet waren: antike Gefäße, filigrane Ketten, prachtvolle Ohrringe und eine Unzahl von Ringen und Armreifen. Alles war durchnummeriert und in gleichmäßigen

Reihen angeordnet. Der Pokal befand sich mitten unter ihnen und war mit einem roten Kreuz markiert. Es musste sich um eine Vergrößerung aus einem Buch handeln, denn unter der Tafel stand eine kurze Erklärung:

*Der Hort des Priamos, Schatzteil A, 101-teiliger antiker Goldschatz. 1873 von Heinrich Schliemann im heutigen Hissarlik/Türkei entdeckt, an der Stelle des historischen Troja.*

War der Pokal einmal Teil eines größeren Schatzes gewesen? Edwina musste an das Kinderfoto von Florian mit seinen Freunden denken und an die Geschichte, die Florian ihr zu erzählen versprochen hatte. Irgendetwas sagte ihr, dass diese Sammlung altertümlicher goldener Gegenstände eine wichtige Rolle in dieser geheimnisvollen Geschichte spielte. Hatte Florian nicht erwähnt, dass manche Geheimnisse Menschen ein ganzes Leben lang beschäftigen? Dann hatte die Sache vielleicht schon damals mit den drei Jungs auf dem Foto angefangen. Aber was hatten drei Kriegskinder mit einem bestimmt wertvollen archäologischen Fund zu tun?

Edwina schaute sich weiter um. An der gegenüberliegenden Wand hingen Reproduktionen von Zeichnungen aus dem alten Griechenland und ein Porträt des antiken Dichters Homer. Gleich daneben nahm ein riesiger Stadtplan von Berlin einen Großteil der Wand ein. Der Plan wirkte alt, das Papier war vergilbt und die Schrift altmodisch, Edwina trat näher und las über der Legende „Reichshauptstadt Berlin Mai 1941“. Einige Stellen auf dem Plan waren markiert und mit unterschiedlich farbigen Fähnchen bestückt, überall standen kleine Notizen und Bemerkungen. Edwina durfte sich jetzt nicht in diese Details vertiefen. Noch ein paar Minuten, dann würde der Polizist sicher neben ihr stehen. Sie hatte keine Chance, in der kurzen Zeit die Vielfalt der Informationen in diesem Zimmer zu erfassen. Aber sie wollte sich trotzdem alles merken. Schnell griff sie nach der Kamera – wie gut, dass sie die immer bei sich trug! – und begann hastig zu fotografieren. Sie wanderte die ganze Wand ab bis zu einem Tisch, auf dem ein Computer stand. Neben dem Laptop lagen Zettel mit endlosen Zahlenkolonnen, teils mit dem Computer geschrieben, teils mit der Hand ergänzt. Gleich daneben war ein Regal, sein Inhalt war von den Entführern zerwühlt, Dutzende von Aktenordner lagen auf dem Boden. Edwina bückte sich und begann wahllos zu blättern. Ein Ordner war mit „Gladow Bande“ betitelt und enthielt hauptsächlich Zeitungsausschnitte aus den 50er-Jahren. In einem weiteren entdeckte sie Kopien von Schreibmaschinen-Protokollen, die den Briefkopf „Geheime Staatssicherheit der DDR“ trugen. Eine ganze Reihe von Ordnern war mit dem Namen Gunter Wax und fortlaufenden Jahreszahlen gekennzeichnet. Daneben fand sie altgriechische Schriftstücke, Bücher über die Antike, Notizbücher, Kunstbände und mathematische Tabellen.

Edwina wusste nicht, wie lange sie sich schon in dem Zimmer aufgehalten hatte. Schnell machte sie noch ein paar letzte Fotos. Später würde sie noch genügend Zeit haben, sich darüber Gedanken zu machen. Jetzt sollte sie die Wohnung lieber schleunigst wieder verlassen. Leise schlich sie hinaus und rannte die Treppe hinunter. Keine Sekunde zu früh. Denn kaum unten angekommen, hörte sie die Stimme des Polizisten.

## 1923

Inflation. Als Mittel gegen die Kriegsschulden wird immer mehr Geld gedruckt. Die Währung verliert ihren Wert. Ein Kilo Brot kostet 3,6 Millionen Mark.

Edwina trat aus dem Haus und eilte in Richtung U-Bahn. Also hatte Florian recht gehabt. Er war in akuter Gefahr gewesen. Man hatte seine Tür aufgesprengt und die gesamte Wohnung durchwühlt. Aber wo war er jetzt? Edwina war sich sicher, dass ihm etwas zugestoßen sein musste. Wahrscheinlich hatten die Einbrecher nicht gefunden, was sie wollten, und Florian entführt, verschleppt, vielleicht noch schlimmer. Warum schien sich die Polizei nicht dafür zu interessieren, wo doch alles so offensichtlich war? In ihrer Tasche piepste ihr Handy. Die versprochene SMS von Ben. „Funkturm 13.00. Sei pünktlich, sonst fliegt die Sache auf." Kein Problem, das würde sie locker schaffen. Sie rannte die Treppen zum Bahnsteig hinauf. Die U-Bahn fuhr gerade ein. Erleichtert ließ sie sich auf eine leere Bank plumpsen. Viele Gedanken sausten ihr im Kopf herum. All diese Dinge und Ereignisse mussten etwas miteinander zu tun haben: der mysteriöse Anruf, Florians Verschwinden, sein rätselhaftes Arbeitszimmer, der Pokal, den er ihr anvertraut hatte. Natürlich hätte sie bei dem Polizisten eine kurze Aussage machen können, aber dafür war später immer noch Zeit. Wenn sie ihre Geschichte erzählt hätte, hätte er ihr höchstens den Pokal abgenommen, aber bestimmt keine Großfahndung herausgegeben. Er hatte es ja selbst gesagt. Keine Personensuche ohne Vermisstenanzeige, und die war frühestens in zehn Tagen möglich.

Edwina musste die Sache also erst einmal selbst in die Hand nehmen. Nur wo beginnen? Edwina verlor den Mut. Nüchtern betrachtet hatte sie nichts als den Pokal in ihrem Rucksack und einen Haufen unzusammenhängende Informationen. Wie sollte sie herausfinden, warum Florian entführt worden war? Wie etwas über seinen Aufenthaltsort erfahren? Das Einzige, was sie sicher zu wissen glaubte, war, dass diese mysteriöse Geschichte vor vielen Jahren ihren Anfang genommen hatte und in Zusammenhang mit dem Schatz auf den Bildtafeln stehen musste. Sie dachte an das Foto der drei befreundeten Jungs im zerbombten Berlin. Einer von den dreien war Florian Schimmelpfennig, aber von den anderen kannte sie nicht einmal die Namen.

Verzweiflung stieg in ihr hoch. Sie spürte, dass ihr Tränen in die Augen schossen. Selbst für ein sehr, sehr neugieriges Mädchen war die Sache eindeutig ein paar Nummern zu groß. Edwina, jetzt nicht heulen, sagte sie, mit energischer innerer Stimme zu sich selbst. Hoffentlich hatte keiner der anderen Fahrgäste etwas bemerkt. Sie schaute sich um. Doch niemand schien Notiz von ihr zu nehmen, alle starrten stumpf vor sich hin. Edwina versuchte, ihre Tränen zu unterdrücken und lenkte die Augen starr auf die ihr gegenüberliegende Wagenwand. Ihr Blick fiel auf ein Plakat: Clärchens Ballhaus, Auguststraße, Berlin-Mitte, täglich Tanz ab 19.00 Uhr.

Clärchens Ballhaus? Das war doch der Schriftzug auf dem Foto der drei Jungs. Und dieses Ballhaus gab es heute immer noch? Unauffällig fuhr sich Edwina mit dem Handrücken über die Augen und trocknete ihre Tränen. Ein entschlossenes Lächeln trat auf ihr Gesicht.

4. Kapitel

# Clärchens Ballhaus

Obwohl es schon spät war, herrschte am Hackeschen Markt lebhaftes Treiben. Die Cafés auf dem Platz vor dem S-Bahnhof quollen über vor Menschen. Das Klirren von Gläsern, Stimmengewirr, Lachen und Musik hing in der Luft.

Es hatte Edwina einige Mühe gekostet, unbemerkt aus dem Jugendhotel zu verschwinden. Um 22 Uhr war offiziell Nachtruhe, aber es dauerte lange, bis die Mädchen und Jungen ihrer Klasse nicht mehr wie aufgeregte Hühner zwischen den Zimmern hin und her liefen. Irgendwann hatte Bockelmeier dann ein Machtwort gesprochen, und gegen 11 Uhr hörte Edwina endlich an den tiefen Atemzügen in den Betten ringsum, dass ihre Zimmergenossinnen fest schliefen.

Schnell war sie in Hose und T-Shirt geschlüpft und auf Zehenspitzen die knarrende Treppe zum Eingang hinuntergeschlichen. Doch als sie die Klinke herunterdrückte, tat sich gar nichts: Die Tür war verschlossen und kein Schlüssel in Sicht. So ein Mist! Damit hatte Edwina nicht gerechnet. Auch die Küche und der Speisesaal waren zugesperrt, ihr blieben nur die Fenster im ersten Stock. Sie schlich sich hinauf und sah durch das offene Flurfenster. Gute vier Meter waren es nach unten, doch die Fassade war von Efeu überwuchert und darunter war ein Rankgitter angebracht – hoffentlich war es stabil genug. Edwina musste es einfach darauf ankommen lassen. Einen Augenblick später saß sie auch schon mit baumelnden Beinen auf dem Fensterbrett, mit Schwung drehte sie sich um und ließ sich, mit den Füßen nach Halt suchend, langsam hinunter. Unten auf der Straße fuhr ein Auto vorbei. Hoffentlich bemerkte sie niemand und hielt sie für einen Einbrecher, denn ihr T-Shirt in den Farben der brasilianischen Fußballnationalmannschaft war leider viel zu auffällig für so eine Aktion. Endlich fanden ihre tastenden Füße auf dem bewachsenen Pflanzengitter Halt. Sie ließ sich weiter hinab. Geschafft! Von hier war es nur noch ein gezielter Sprung. Zehn Minuten später saß sie in der S-Bahn in Richtung Hackescher Markt.

Mit dem Stadtplan in der Hand steuerte Edwina auf die große, geschwungene Fassade der Hackeschen Höfe zu. Das war also Berlin-Mitte. Vor 20 Jahren waren all die eindrucksvollen Gebäude noch in marodem Zustand gewesen. Zum Teil verfallen, mit bröckelnden Fassenden und voller Einschusslöcher. Die DDR-Regierung hatte lieber Plattenbauten in den Vororten hochgezogen, als sich um die im Krieg stark beschädigten und renovierungsbedürftigen historischen Gebäude im Zentrum zu kümmern. Erst nach der Wiedervereinigung wurden sie Stück für Stück wiederhergerichtet und jetzt war die Mitte Berlins wieder zum pulsierenden Herzen der Stadt geworden. Hackesche Höfe war der Name eines riesigen Gebäudekomplexes, der einen ganzen Häuserblock ausfüllte. Eine kleine Stadt in der Stadt. Früher hatten hier Handwerker gelebt und gearbeitet, jetzt gab es in den mit glasierten Kacheln verkleideten Höfen schöne Restaurants, kleine Läden und Attraktionen wie Kabaretts und Kinos.

*1927*

Die Menschen retten sich ins Vergnügen. Berlin hat mehr als 70 Kabaretts und Nachtklubs. Frauen lassen sich Bubiköpfe schneiden, tragen knielange Kleider und rauchen sogar.

Edwina hatte befürchtet, dass ein Mädchen in ihrem Alter so spät nachts und alleine auffallen würde. Aber das war ganz und gar nicht der Fall. Die ganze Gegend war voller junger Leute, die aus aller Welt hierhergekommen zu sein schienen. Sie hörte viele englische Sprachfetzen und sah Touristengruppen aus allen Kontinenten schwatzend an sich vorbeiziehen. Erst in der schmalen Sophienstraße legte sich der Trubel etwas. Aus irgendeinem Fenster ertönte Peter Fox' Berlinhymne „Schwarz zu Blau". Im Rhythmus der Musik ging Edwina weiter. Sie spürte echte Glücksgefühle. So wie Berlin war keine andere Stadt: riesig, pulsierend, immer wieder überraschend und voller Leben. Hier würde sie am liebsten für immer bleiben. Ein schöner Gedanke. Aber Edwina wusste: Das musste wohl noch warten. Ihren Großvater Nepomuk würde sie nicht von einem Umzug nach Berlin überzeugen können.

Eilig lief sie an der Sophienkirche vorbei und bog links in die Auguststraße ein. „Clärchens Ballhaus" war die Nummer 24. Das Gebäude hatte kein Vorderhaus und der Eingang lag etwas zurückgesetzt – von außen ein normales Berliner Hinterhaus mit unsanierter grauer Fassade. Edwina bahnte sich einen Weg durch den Vorgarten. Er stand voller Tische, die sich aufgrund der späten Stunde langsam leerten.

Der Schriftzug über der Tür hatte sich seit Florians Kindertagen kaum verändert. Das ganze Lokal wirkte wie aus einer anderen Zeit. Am Eingang gab es sogar noch eine Garderobe. An den Wänden hingen alte Plakate und ausgeblichene Fotos aus dem Leben des früheren Etablissements, auf denen die Frauen Bubiköpfe und halblange, schmale Abendkleider trugen und die Männer, im Smoking, die Haare glatt nach hinten gekämmt, selbstbewusst in die Kamera lächelten.

Gerade wollte sie den Vorhang, der den Ballsaal vom Eingang trennte, zur Seite schieben, da wurde sie am Ärmel festgehalten. „Jeh du ma lieba noch 'n paar Jahre Schäfchen zählen uff de Weide." Sie schaute auf. Ein älterer Herr mit Schnurrbart und Anzug stand neben ihr, der Türsteher war scheinbar auch Teil des betagten Inventars. „Ich suche meine Eltern", sagte Edwina geistesgegenwärtig, „die sind zum Tanzen hier. Mein kleiner Bruder hat Bauchschmerzen und da wollte ich sie holen." Edwina wurde noch einmal kurz gemustert, dann schob er den Vorhang für sie zur Seite: „Na jut, aber lass dich nicht beim Tangotanzen erwischen."

Scheppernde Musik einer Live-Band kam ihr entgegen, als sie den dunkel getäfelten Ballsaal betrat, der rundherum von einem silbernen Lamettakranz umgeben war. Die Tanzfläche war voller Menschen, eine bunte Mischung, Jung und Alt, hausbacken und szenig. Edwina musste lächeln, als sie die unterschiedlichen Paare mit ernsten Gesichtern Tango tanzen sah.

„Kann ich dir helfen?" Ein Kellner trat auf Edwina zu, ein Tablett mit Getränken in der Hand. Sie hatte bereits suchend den Blick durch den ganzen Saal schweifen lassen. Was hatte Florian noch mal gesagt, das Versteck sei in einem Raum über Clärchens Ballhaus gewesen? Sie konnte beim besten Willen keine Treppe entdecken. Also wendete sie ihre erfolgreiche Geschichte noch einmal bei dem Kellner an: „Ich suche meine Eltern. Aber hier sehe ich sie nicht. Gibt es nur den Raum hier oder geht es oben noch weiter?"

„Da hinten sind noch ein paar Tische und draußen im Garten", sagte der Kellner und deutete mit dem Kopf zum Ende des Saals. „Vielleicht sind sie dort." Das Tablett überm Kopf balancierend ging er weiter.

Edwina durchstreifte noch einmal den ganzen Saal. Sie guckte sogar in die Toilettenräume und steckte den Kopf in die Küche. Aber eine Treppe in ein oberes Stockwerk schien es hier nicht zu geben. Hatte sie sich verhört? Es war vielleicht doch ein bisschen naiv gewesen, anzunehmen, sie brauche nur einfach hierherzukommen und würde sofort eine Spur finden.

Sicher hatte man hier mittlerweile einiges umgebaut. Am besten, sie schaute sich das Haus noch einmal von außen an. Edwina drückte sich an dem Türsteher vorbei hinaus in die laue Nachtluft. Die Fassade des Hauses sah ziemlich heruntergekommen aus. Es war eines der wenigen nicht renovierten Häuser in dieser Gegend. Einige Fensterscheiben waren zerschlagen, andere mit Brettern vernagelt. Gleich rechts neben dem Eingang zum Lokal gab es noch eine Tür. Edwina schaute hinein, da war doch etwas, ein Eingang und dahinter schien es ein Treppenhaus zu geben. Na bitte, ihr Glück hatte sie also doch nicht verlassen. Edwina schlich sich die morsche, wackelige Treppe hinauf. Vom Hof schien eine Lampe hinein und tauchte alles in ein schummeriges Licht. Die Stufen knarrten laut. Vorsichtig gelangte sie bis zum Absatz im ersten Stock. Dort stand jede Menge Gerümpel. Alte Tische und kaputte Stühle, die hier vergeblich auf eine fällige Reparatur warteten. Da musste doch auch noch irgendwo eine Tür sein.

Edwina schob einen der Tische zur Seite. Dahinter stand ein zerschlissener Paravent, der, als sie ihn anhob, krachend zur Seite kippte. Sie hielt den Atem an und wartete – niemand schlug Alarm, nichts schien sich zu rühren. Erleichtert atmete sie auf und sah im gleichen Augenblick eine alte verstaubte Holztür hinter dem kaputten Paravent. Vorsichtig trat Edwina heran und drückte die Klinke herunter. Verschlossen! Sie versuchte es ein zweites Mal. Nichts bewegte sich. Sie schnaufte ärgerlich. Das hätte sie sich doch denken können. Jetzt war der ganze Ausflug vergeblich. Ein letztes Mal drückte sie die Klinke hinunter und warf sich gleichzeitig mit voller Wucht gegen die alte Tür. Laut knackend brach das Türschloss heraus und das Türblatt öffnete sich einen Spalt. Edwina stemmte sich noch einmal dagegen, und endlich gab das morsche Holz krachend nach. Sie zuckte zusammen. Hatte sie jetzt jemand gehört? Nein, nichts geschah. Dann holte sie tief Luft und presste sich durch den schmalen Spalt.

Drinnen war es völlig dunkel. Im nächsten Augenblick spürte Edwina eine Bewegung direkt vor sich. Panisch duckte sie sich und hielt die Hände schützend vor den Kopf. Da flog etwas durch die Luft. Edwina wagte kaum zu atmen. Was war das? Nein, sie glaubte nicht an Gespenster. Aber was sollte das anderes sein? Wie gut, dass sie in der Seitentasche ihrer Hose immer eine kleine Taschenlampe bei sich trug. Zitternd schaltete sie diese ein. Der Lichtkegel erleuchtete den Raum. Überall Gerümpel. Alte Tische und Stühle, denen die Beine fehlten, Plakate, Kisten und kaputte Garderobenhaken. Man hatte diesen Raum offenbar lange als Abstellkammer benutzt. Ein altes Grammofon stand in einer Ecke, davor stapelte sich Bauschutt. Überall hingen Spinnweben.

Wieder flog etwas durch die Luft. Jetzt erkannte Edwina die vermeintlichen Gespenster. Von der Decke stürzten kleine Fledermäuse herab. „Habt ihr mich erschreckt“, murmelte sie leise. Dann versuchte sie sich einen Weg durch das Chaos zu bahnen. Außer den Fledermäusen war hier seit Jahren niemand gewesen, so viel war sicher. Edwina stieg über eine umgekippte Kommode und tastete sich vorsichtig voran, da fing ihr Herz schon wieder wild an zu rasen: Im umherschweifenden Schein der Taschenlampe hatte sie für den Bruchteil einer Sekunde ein Gesicht erkannt. Jemand starrte sie an, kreidebleich und mit weit aufgerissenen Augen. Reflexartig drehte Edwina sich um und wollte losrennen. Schnell, bloß fort von hier! Aber das Gerümpel versperrte ihr den Weg. Nach nur drei Schritten stolperte sie und fiel der Länge nach hin. Blöde Teppichrolle. Keuchend blieb sie liegen und lauschte in die Dunkelheit. Kein Laut war zu hören. Vorsichtig stand sie wieder auf. Immer noch leicht zitternd richtete sie den Schein ihrer Taschenlampe in Richtung des Gesichts. Da war es wieder! Aber als sie jetzt genauer hinsah, erkannte sie erleichtert, in wessen Gesicht sie da blickte: ihr eigenes. An der Wand war ein großer alter Spiegel angebracht, in dem sie sich selbst gesehen hatte. Edwina schnitt eine Fratze.

Nun leuchtete sie die anderen Wände ab: Alle waren mit prächtigen Kristallspiegeln verkleidet. Die uralten Spiegel hatten blinde Flecken, waren blättrig und matt. Ein großer Lüster hing von der stuckverzierten Decke, die Kerzen waren nur halb heruntergebrannt. Was für ein prachtvoller Raum das früher gewesen sein musste! Zu ihrer Rechten schlängelte sich eine kleine Treppe hinauf. Neugierig bahnte sich Edwina einen Weg dorthin. Sie schritt die paar Stufen nach oben und stand auf einer Empore. Hier hatten früher bestimmt die Musiker gesessen, zu deren Klängen Paare leichtfüßig über das Parket schwebten. Die kleine Fläche war nicht so vollgerümpelt wie der Rest des Saales. Eigentlich sah es hier oben sogar richtig gemütlich aus. Zwei Sofas standen sich gegenüber, mit einem Tisch dazwischen. Darauf lagen alte Zeitungen und Bücher, ein Kerzenstumpf, Streichhölzer und ein Aschenbecher voller Zigarettenstummel. An der Wand hingen ein alter Stadtplan und verschiedene Zeichnungen.

Hier sieht es ja aus wie in Florians Arbeitszimmer, dachte Edwina, nur alles etwas kleiner. Das Versteck der Jungs! Natürlich, das hier musste es sein. Vor ihrem inneren Auge sah Edwina die drei auf der Empore zusammenhocken, lesen, rauchen, Pläne schmieden. Sie nahm eine der vergilbten Zeitungen in die Hand. Eine „Berliner Zeitung" von 1948. Die Titelseite beschäftigte sich mit der schlechter werdenden Versorgungslage in den Ostsektoren Berlins. Der Bücherstapel bestand aus verschiedenen ledergebundenen Karl-May-Ausgaben, „Old Shatterhand" und „Winnetou". Seltsam, sich vorzustellen, dass sich hier vor über 50 Jahren Kinder getroffen hatten, die damals genauso alt waren wie Edwina jetzt.

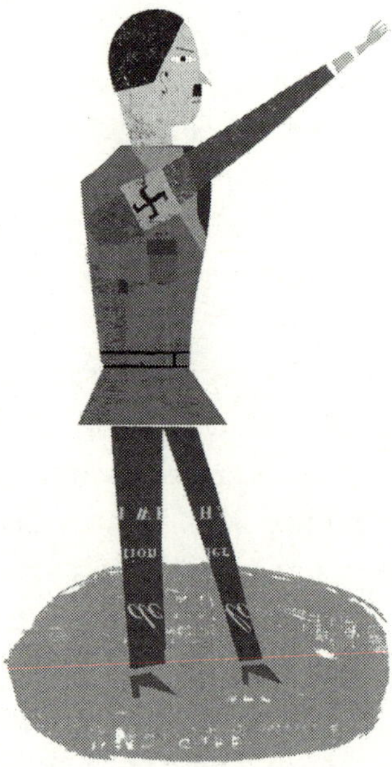

## 1933

Die Nationalsozialisten erobern die Macht. Adolf Hitler wird Reichskanzler. Die Verfolgung Andersdenkender wird Staatssache. 20.000 Bücher „undeutschen Geistes" werden vor der Humboldt-Universität verbrannt.

Edwina leuchtete mit ihrer Taschenlampe herum, bückte sich und schaute auch unter die Sofas. Hier musste es doch noch mehr geben. Was war denn das? Ganz hinten auf dem Boden? Edwina streckte ihren Arm unter das Sofa und tastete. Dann zog sie eine hellbraune, an den Kanten abgewetzte Hutschachtel hervor. Hastig zündete sie mit den Streichhölzern einen Kerzenstummel an, der zu ihrer Verwunderung sogar noch brannte. Die Scharniere der Schachtel waren verrostet. Edwina fingerte ihr Schweizer Taschenmesser aus der Seitentasche der Hose und entfernte damit vorsichtig das Metallschloss. Als sie den Deckel öffnete, schlug ihr ein muffiger Geruch entgegen. In der Schachtel lagen Hefte, lose Papiere und ein kleines vergilbtes Buch. Sie griff danach und las den in altmodischen Buchstaben geschriebenen Titel: „Ilias" von Homer.

Edwina stellte die Schachtel neben sich auf das alte Sofa und begann den Inhalt Stück für Stück anzuschauen. Da war ein alter Briefumschlag, er war ungewöhnlich klein und wirkte selbst gebastelt. Adressiert war er an „Florian Schimmelpfennig, Auguststraße 17, Berlin-Mitte". Florian Schimmelpfennig, Edwina musste schlucken. Das war ihr Florian Schimmelpfennig, sie hatte wirklich das Versteck der Jungen gefunden. Schnell schaute sie in den kleinen Briefumschlag, doch leider war er leer. Vielleicht lag der Brief woanders. Sie suchte weiter und griff nach der alten Ilias. Gleich vorne, auf der Innenseite, stand ein Name: Dr. Karl Schimmelpfennig. Die Adresse auf dem Briefumschlag und die Eintragung in dem Buch waren in der gleichen Handschrift geschrieben. War Karl Schimmelpfennig Florians Vater? Und war das hier sein Buch?

Vorsichtig suchte sie weiter. Zwischen alten Zeitungsartikeln und einer Lebensmittelkarte sah sie ein vergilbtes, dickes Schulheft. Sie betrachtete es im Kerzenschein. Auf dem Einband stand in großen, kindlichen Buchstaben ein Wort: „Schatzhüter". Die Seiten waren wie ein richtiges Buch nummeriert. Auf jeder Seite befand sich eine sorgfältig angefertigte Bleistiftzeichnung. Ein Großteil der Abbildungen zeigte gedrehte Ringe, dann gab es noch Armreifen, Diademe, Ohrringe und einige wenige Gefäße. Und da – das war doch eine exakte Skizze ihres Pokals! Alles war akribisch geordnet und nummeriert. Auf der letzten Seite hatte jemand drei griechische Kämpfer gezeichnet, voll ausgestattet in Kriegsmontur. Darunter stand: „Die Hüter des Schatzes des Priamos", und unterzeichnet war die Seite mit drei Namen in drei verschiedenen Kinderhandschriften: Kroko, Florian, Booster.

Edwina konnte ihren Herzschlag deutlich spüren. Es gab keinen Zweifel, sie erkannte nicht nur den Pokal, auch die anderen gezeichneten Schmuckstücke hatte sie heute schon gesehen: an der Wand in Florians Kartenzimmer. Der Pokal, den sie seit gestern bei sich trug, war offensichtlich Teil dieses Schatzes. Hatten die drei Jungen den Schatz besessen? Die Hüter des Schatzes. Und wenn ja, wie kamen drei Berliner Jungs an einen so kostbaren Fund? Der gehörte doch gut verschlossen in ein Museum!

Priamos, Priamos ... Wer war das noch gleich gewesen? Plötzlich sah Edwina in Gedanken Bockelmeier vor sich auf dem Lehrerpult stehen, er rezitierte Priamos aus der Ilias: „Ich unseliger Mann! Die tapfersten Söhn' erzeugt ich. Weit in Troja umher, und nun ist keiner mir übrig! Priamos, das war einer der Helden aus den griechischen Heldensagen, aufgeschrieben von Homer. Deshalb hatten die Jungen hier auch die Ilias liegen.

Edwina hielt inne, da war noch ein Puzzleteilchen. Einer der drei Schatzhüter hatte mit „Booster" unterschrieben. Mit diesem Namen hatte Florian den unheimlichen Anrufer angesprochen, in dem Telefonat, das Florian dazu gebracht hatte, Edwina den Pokal anzuvertrauen. Wer war dieser Booster? Was wollte er von Florian? Was war zwischen den Jungen geschehen? Zwischen Florian, Booster und dem Dritten, dessen Namen sie hier zum ersten Mal las: diesem Kroko?

Noch ganz im Bann ihrer Entdeckungen schob Edwina die Ilias, den Briefumschlag und das Schatzhüterbuch in die Seitentasche ihrer Hose. Leise bahnte sie sich den Weg zurück und schlich die Treppe hinunter. Endlich war sie wieder an der frischen kühlen Nachtluft. Sie wusste nicht, wie lange sie im Versteck der Schatzhüter gewesen war. Der Biergarten vor „Clärchens Ballhaus" war leer, auch auf der Straße war es ruhig geworden. Auf dem Bürgersteig glänzte etwas im Schein der Straßenlaterne. Eine Bronze-Plakette. Ein sogenannter Stolperstein, Bockelmeier hatte ihnen davon erzählt, eingelassen vor Häusern, in denen von den Nazis ermordete Menschen gelebt hatten. Edwina beugte sich hinunter und las: Regina Schrimmer, deportiert 1942, verstorben in Riga 1945. Edwina schaute an der Fassade des Hauses hinauf. Auguststraße 17. Die Adresse, die sie eben noch auf dem Briefumschlag gelesen hatte, Florian Schimmelpfennigs Elternhaus.

## 1938

Juden werden verfolgt und systematisch aus dem öffentlichen Leben verdrängt. In der Nacht vom 9. November werden Synagogen und jüdische Geschäfte in Brand gesteckt.

5. Kapitel

# Das Schloss des Priamos

*Berlin-Mitte, März 1945*

In Gedanken versunken lief Florian die Brunnenstraße entlang und bog in die Gipsstraße ein. Er war nicht sehr groß für seine zehn Jahre und in dem alten Männerjackett, das ihm als Winterjacke diente, sah er etwas verloren aus. Er trug die Mütze seines Vaters gegen die Kälte tief in die Stirn gezogen. Darunter schauten kurze blonde Locken hervor. Heute passten die fröhlichen Locken so gar nicht zu seinem kleinen ernsten Gesicht mit den sorgenvoll zusammengezogenen Augenbrauen.

Florian blickte kaum auf und achtete auf jeden Schritt, während er sich den Weg durch die immer wieder von Trümmern und verkohlten Balken versperrte Straße bahnte. Hier, im Gebiet zwischen dem Hackeschen Markt und dem Oranienburger Tor, waren in den letzten Monaten zahllose britische Bomben und Granaten niedergegangen.

Der letzte schwere Angriff war Donnerstagnacht gewesen. Kurz nach zehn waren die Sirenen losgegangen, mit ihrem durch Mark und Bein gehenden Heulen. Ein Geräusch so eindringlich und quälend, dass es die Menschen förmlich in die Luftschutzkeller trieb. Bis drei Uhr früh hatten sie in dieser Nacht in den Kohlenkellern der Auguststraße 17 gesessen. Mit jedem Atemzug war die Luft stickiger und der Sauerstoff knapper geworden. Alle hockten schweigend nebeneinander und warteten auf das nächste Bombergeschwader. Die Angst, eine der im Sekundentakt detonierenden Bomben könnte auch ihr Haus treffen, füllte den halbdunklen Raum. Keiner traute sich zu sprechen – als würden die britischen Fliegerpiloten sie hier unten hören können.

Luftschutzkeller, leere Ladenregale, Angst vor Bombenangriffen und tagaus, tagein Graupensuppe. Florian konnte sich kaum noch an ein anderes Leben erinnern. Kurz nach seinem fünften Geburtstag, im September 1939, hatte der Krieg begonnen. Nicht weit von Berlin entfernt, an der polnischen Grenze, hatte es Schießereien gegeben. Dann waren die deutschen Truppen in Polen einmarschiert. Als Nächstes war Norwegen an der Reihe gewesen, dann Dänemark und Holland. Mittlerweile führte Deutschland Krieg gegen die halbe Welt. In der Schule und bei der Hitlerjugend hatte man den Kindern immer wieder mit flammender Begeisterung gepredigt, Hitler führe die Truppen in diesem gerechten Krieg zum Wohle des deutschen Volkes in den Kampf. Ein solcher Krieg zum Wohle des Volkes?

Verstanden hatte Florian das nie. Aber er traute sich nicht, seine strengen Lehrer oder den ewig brüllenden Blockwart Kapo Krause danach zu fragen. Die trugen alle das Parteiabzeichen, ein kleines Hakenkreuz am Anzugkragen. Waschechte Nazis, vor denen man sich besser in Acht nahm. Nicht auffallen, nichts fragen, nichts sagen, sonst kam man womöglich noch selbst ins Lager. Das wusste er von seinem Freund Booster. Der hatte ihm erzählt, dass die Nazis jeden, der ihnen nicht in den Kram passte, verhafteten und ins Gefängnislager transportierten. Die Nazis verfolgten und bekämpften alles, was anders war als sie. Das machte Florian richtig Angst. Denn eines wusste er: So wie die wollte er auf gar keinen Fall sein.

Auf Juden wie die Goldmanns hatten es die Nazis vor allem abgesehen. Die Goldmanns hatten den kleinen Laden an der Ecke besessen. Hier gab es die Dinge, die man im Alltag brauchte: Seife, Mehl, Kartoffeln, manchmal auch Eier oder Schokolade. Wie überall natürlich nur auf Lebensmittelmarken. Denn seit Beginn des Krieges war alles stark rationiert. Bei den Goldmanns hatte Florian regelmäßig das eingekauft, was die Lebensmittelkarten von ihm und seinem Vater hergaben. Das war leider nicht viel. Doch dann stand eines Tages „Kauft nicht bei Juden" mitten auf dem Ladenfenster. Als

Florian hineingehen wollte, um ein Pfund Salz zu kaufen, wurde er von zwei uniformierten Männern barsch weggeschickt. Am nächsten Tag war die Tür zum Laden vernagelt. Von Booster erfuhr Florian, dass die ganze Familie am selben Tag im Morgengrauen mit einem Lastwagen abgeholt worden war. Vater, Mutter, Großmutter und die Töchter Eva und Lea. Beide waren auf dieselbe Schule wie Florian gegangen, und er kannte die Mädchen vom gemeinsamen Heimweg. „Wo hat man sie denn hingebracht?“, hatte er Booster gefragt. Der hatte Florian bedeutungsschwer angesehen und geantwortet: „Das willst du nicht wirklich wissen.“

Booster war zwei Jahre älter und mindestens vier Nummern größer als Florian. Das Viertel um den Hackeschen Markt kannte er wie seine Westentasche. Angst war für Booster ein Fremdwort, er war mit allen Wassern gewaschen und liebte es, Florian und Kroko, eine Zigarette in der Hand, das Leben zu erklären.

Kroko, Booster und Flo – unterschiedlicher konnten drei Jungen kaum sein. Kroko hatte seinen Namen einer krokodilledernen Federmappe zu verdanken, die er zur Einschulung geschenkt bekommen hatte und die er seither wie seinen Augapfel hütete. Das kleine Mäppchen war auch schon das Exotischste an ihm. Sonst interessierte sich Kroko nämlich nur noch für lateinische Vokabeln, altgriechische Grammatik und die Helden des klassischen Altertums. Krokos Mutter arbeitete im Lazarett, sein Vater war in Russland an der Front, und schon seit Monaten hatten sie nichts von ihm gehört.

*1939*

Der zweite Weltkrieg beginnt mit dem Angriff der deutschen Wehrmacht auf Polen. Alles wird für den Krieg mobilisiert, Männer werden eingezogen, Lebensmittel rationiert.

Boosters Familie war das genaue Gegenteil. Seit Generationen gehörten sie zum Hochadel der Unterwelt. Boosters Vater war immer wieder mit spektakulären Banküberfällen in die Schlagzeilen und in den Knast gekommen; der Junge hatte seinem Vater öfter im Besucherzimmer des Moabiter Gefängnisses als zu Hause gegenübergesessen. Die Familie wurde von Boosters großen Brüdern mit kleinen Einbrüchen und Trickbetrügereien über Wasser gehalten. Booster unterstützte sie dabei, stand Schmiere und räumte auch schon mal eine zerbombte Wohnung aus. Er war also auch nicht mehr ganz sauber. Wenn Booster etwas nicht passte, konnte er durchaus unangenehm werden. Es war wesentlich besser, ihn zum Freund als zum Feind zu haben. Darin waren sich Flo und Kroko einig.

Florian war der jüngste der drei. Er bekam seinen Vater auch nicht oft zu sehen. Karl Schimmelpfennig arbeitete im Museum für Vor- und Frühgeschichte, einem riesigen Gebäude voll alter Kunstwerke und antiker Skulpturen, in der Nähe vom Alexanderplatz. Als Restaurator war er dort verantwortlich für all die kostbaren Ausgrabungsfunde aus Griechenland, Ägypten, Persien und dem ehemaligen Osmanischen Reich. Da sich niemand mit diesen Stücken so gut auskannte wie der hoch geschätzte Dr. Karl Schimmelpfennig, war er vom Einsatz an der Front befreit. Zeus ist mir hold, pflegte er immer scherzhaft zu sagen. Ohne seine alten Steine, Scherben und zerbeulten Metallgegenstände hätte er es auch gar nicht ausgehalten.

Dass die Nazis ausgerechnet an seiner geliebten Antikensammlung einen solchen Narren gefressen hatten, empfand Florians Vater allerdings als echte Zumutung. Besonders nervig war der Reichs- und Luftfahrtminister Hermann Göring, als Stellvertreter Adolf Hitlers der zweite Mann im Reich. Sein Ministerium lag nur wenige Schritte vom Museum entfernt und er hatte es sich zur Gewohnheit gemacht, der Sammlung nächtliche Besuche abzustatten. Florians Vater, der oft selbst bis weit nach Mitternacht im Museum arbeitete, wurde dann vom Pförtner gerufen, um die Vitrinen mit den goldenen Pokalen, Armreifen und Diademen aufzuschließen. Ausgerechnet der Schatz des Priamos, Schimmelpfennigs Spezialgebiet, hatte es dem schwergewichtigen Nazi angetan und gelegentlich ließ er sich mit dem trojanischen Schmuck behängen und gab sich – mit dem Zepter in der Hand – der Illusion hin, der siegreiche Hektor nach der Schlacht um Troja zu sein. Florians Vater fand das unerträglich.

All das hatte erst ein Ende, als die Luftangriffe immer häufiger wurden und man damit begann, die wertvollen Stücke der Berliner Museen – darunter auch den Heinrich-Schliemann-Saal im Museum für Vor- und Frühgeschichte – in bombensicheren Bunkern einzulagern. Alle Ausgrabungsfunde wurden sorgfältig in Kisten verpackt und in den Flakturm am Zoo gebracht. Insgesamt gab es vier Flaktürme in Berlin, riesige Gebäude mit meterdicken Mauern und Geschützen zur Abwehr feindlicher Kampfflugzeuge auf den Dächern – Flug-Abwehr-Kanonen, kurz Flak genannt. Alles was sich im Inneren dieser Flaktürme befand, war im wahrsten Sinne des Wortes bombensicher.

Florian hoffte, dass sich sein Vater an so einem sicheren Ort befand, schließlich hatte er ihn schon eine ganze Weile nicht mehr gesehen. Das war in diesen Zeiten leider durchaus nichts Ungewöhnliches. Nachdem das Museum geräumt worden war, hatte der Reichsluftmarschall Hermann Göring den Troja-Experten Karl Schimmelpfennig für einen Auftrag persönlich abgezogen. Ein Auftrag, über den Florians Vater nicht sprechen durfte und nicht sprechen wollte. Das war vor zwei Monaten gewesen, seither hatte Florian seinen Vater nur selten und dann auch immer nur für wenige Stunden gesehen.

Der kleine Junge in der übergroßen Jacke bog nun von der Sophienstraße in die Auguststraße ein. Jetzt war er ganz in der Nähe ihres Treffpunktes. Er setzte sich auf einen Mauerrest und sah sich nach seinen Freunden um. Da ließ ihn ein ohrenbetäubender Schrei zusammenzucken: „Deckung!“ Reflexartig warf er sich auf den Boden. Gerade noch rechtzeitig bevor eine gewaltige Explosion die kümmerlichen Reste einer Häuserwand auf der gegenüberliegenden Straßenseite in die Luft sprengte.

Als sich der Staub gelegt hatte, erhob sich Florian und rief verärgert: „Booster, warst du das!?“ Hinter einem Mauervorsprung sprang lachend sein älterer Freund hervor: „Was dachtest du denn, die Russen oder was?“ Florian rollte nur die Augen. „Kleines

Begrüßungsfeuerwerk, um dich aufzumuntern", sagte Booster grinsend. „Na vielen Dank", antwortete Florian. „Wo ist Kroko?" „Keene Ahnung, wo der Herr Professor steckt!", sagte Booster. „War noch nicht drin", setzte er hinzu und machte eine viel sagende Kopfbewegung auf das noch ziemlich gut erhaltene Haus hinter ihnen. Über der Tür im Erdgeschoss hing ein großes Schild, auf dem in geschwungenen Buchstaben „Clärchens Ballhaus" stand. Früher hatte hier halb Berlin getanzt, aber die Verdunklungspflicht hatte „Clärchens" schon lange den Garaus gemacht. Um feindlichen Fliegern keine Angriffsziele zu bieten, mussten alle Fenster abgehängt werden. Etablissements wie „Clärchens Ballhaus" wurden gleich ganz geschlossen.

Nach jedem Bombenangriff durchforstete Booster das Stadtviertel nach Blindgängern für sein Hobby. Er nannte es Feuerwerkskunst, aber in Wirklichkeit war es nichts anderes als eine unbändige Lust, Dinge in die Luft fliegen zu lassen. Bei einem dieser Streifzüge war er auf den Spiegelsaal gestoßen, einen ehemaligen Tanzsaal über dem Ballhaus, der schon lange stillgelegt worden war. Zerschlissene Samtvorhänge, aufwendiger Stuck, alte Möbel und Wände voller fleckiger, alter Spiegel. Ein Ort wie aus einer anderen Welt, von einem seltsamen Zauber umgeben. „Den sprengst du uns nicht in die Luft", hatte Florian gesagt, als Booster den beiden Freunden seine Entdeckung zeigte. Und dann hatten sie den märchenhaft und geheimnisvoll wirkenden Saal zu ihrem Hauptquartier erkoren. Im hinteren Teil gab es eine Empore, auf der sie es sich mit einem alten Kanapee und ein paar Kisten oft gemütlich machten.

Der Palast von Troja. Über den Namen waren sich die drei sofort einig gewesen. Früher hatten sie es geliebt, Florians Vater zuzuhören, wenn er sonntagnachmittags im Schatten der großen Kastanie am Koppenplatz Geschichten aus der Illias von der sagenhaften Stadt Troja, Zeus und den anderen Göttern des Olymp erzählte. Florian war mit diesen Geschichten groß geworden, und auch seine Freunde genossen es, sich als tapfere Krieger und griechische Schlachtherren zu fühlen. Kroko träumte davon, später selbst einmal Archäologe zu werden, und Booster bot gleich an, bei den Ausgrabungen die Sprengungen zu übernehmen. Für Florian war ohnehin klar, dass er nach dem Krieg, einen Tropenhelm auf dem Kopf und einen Spaten in der Hand, mit seinem Vater auf der Suche nach untergegangenen Kulturen um die Welt reisen würde.

Florian kletterte bereits zu ihrem versteckten Eingang hinauf, da sahen sie den atemlosen Kroko um die Ecke flitzen. Er hielt einen Brief in der Hand und rief: „Flo, den hat eben eine Frau für dich abgegeben. Ich glaube, er ist von deinem Vater." Schnell öffnete Florian das kleine selbstgeklebte Kuvert. Er erkannte sofort die Handschrift seines Vaters. Endlich, nach sechs langen Wochen des Wartens gab es eine Nachricht von ihm.

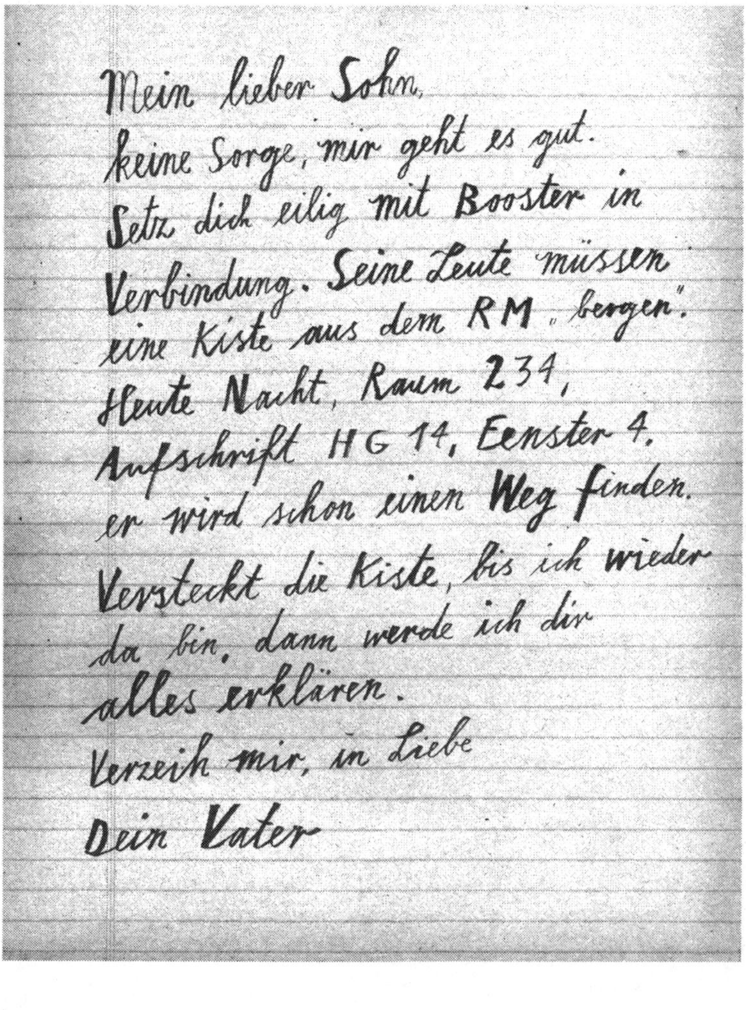
Mein lieber Sohn,
keine Sorge, mir geht es gut.
Setz dich eilig mit Booster in
Verbindung. Seine Leute müssen
eine Kiste aus dem RM „bergen".
Heute Nacht, Raum 234,
Aufschrift HG 14, Fenster 4.
er wird schon einen Weg finden.
Versteckt die Kiste, bis ich wieder
da bin, dann werde ich dir
alles erklären.
Verzeih mir, in Liebe
Dein Vater

In dem Umschlag steckte noch etwas anderes. Ein kleines Päckchen aus Papier. Florian faltete das Papier auseinander und hielt eine schimmernde Goldmünze in der Hand. Ein solches Geldstück hatte Florian noch nie gesehen. Booster nahm die Münze und prüfte sie durch einen leichten Biss. „Gold", sagte er anerkennend. „Dein Vater scheint jetzt wohl auch unter die Panzerknacker gegangen zu sein." Florian warf ihm einen genervten Blick zu. Wie konnte Booster jetzt nur solche Scherze machen. Sein Vater schien wirklich in Gefahr zu sein. Der Umschlag war aus einer Innenseite der Ilias gefaltet, die sein Vater immer bei sich trug. Er erkannte den Schriftzug im Inneren des selbst geklebten Kuverts. Auch der Brief war auf dem gleichen Papier geschrieben.

Vater musste ihn im Geheimen geschrieben haben. Wieso hatte er sonst kein normales Papier benutzt? Florian biss sich auf die Lippe. Was sollte er nur tun? Bestimmt war es am besten, wenn er die Bitte des Vaters befolgte, so unglaublich der Auftrag auch klang. RM bedeutete Reichsluftfahrtministerium. Wie kam Vater nur auf die Idee, dass man dort einfach einbrechen könnte? Er reichte den Brief an seine beiden Freunde weiter. Sie steckten die Köpfe zusammen und überflogen die Zeilen gemeinsam. Augenblicklich erschien ein erwartungsfrohes Lächeln auf Boosters Gesicht. „Das ist doch mal was für uns drei." „Für uns drei, was meinst du damit?", fragte Florian unsicher. Booster pustete sich ein bisschen auf und sagte lässig: „Wenn wir das meinen Brüdern überlassen, spiel ich wieder nur die letzte Geige. Ne Leute, den Bruch machen wir alleine. Ich organisier das für uns und übernehme die Führung. Heute Nacht. Ist doch Ehrensache." Und weg war er.

6. Kapitel

# Gefährliche Mission

*Berlin Wilhelmstraße, März 1945*
Es war weit nach Mitternacht, als drei dunkle Gestalten die Leipziger Straße entlangschlichen. Geschickt schmiegten sie sich an einer Hauswand entlang, wie flüchtige Schatten. Sie waren im Zentrum des Nazi-Machtaparrates. Nur wenige Hundert Meter llinks von ihnen lag Hitlers Reichskanzlei und direkt vor ihnen der riesige Gebäudekomplex des Reichsluftfahrtministeriums.

Booster leitete den kleinen Trupp. Er hatte bei einer ausführlichen Erkundungstour am Nachmittag das ganze Gebäude unauffällig von außen inspiziert. Vor allem den Zugang zu den Fenstern hatte er sich genauestens eingeprägt. In den Räumen, in denen noch vor wenigen Tagen Marschbefehle für die deutschen Truppen geschrieben worden waren, lagerten jetzt Kunstschätze von sagenhaftem Wert, zusammengeraubt aus allen europäischen Staaten, die von den Nazis besetzt worden waren. Diese Kunstwerke sollten jetzt, wo die sowjetischen Truppen Berlin immer näher kamen, in sicherere Gebiete des Reichs gebracht werden.

Das vierte Fenster im ersten Stock rechts vom Eingang – das musste es sein. Vorsichtig glitten die Jungs die letzten Meter an der Wand entlang. Booster hatte alle mit frisch gebügelten Hitlerjugend-Uniformen ausgestattet. Das war im heutigen Berlin die beste Tarnung. Florian schaute nach oben und erkannte entsetzt, dass die Sache vielleicht doch ein paar Nummern zur groß für sie war. Denn natürlich waren die Fenster vergittert, drei kräftige Metallstangen ragten aus dem Mauerwerk vor den Scheiben empor. Florian spürte, wie sein ohnehin nur spärlicher Mut in sich zusammensank. Booster hatte das Gitter und Florians Bestürzung ebenfalls bemerkt. Er zupfte seinen Freund am Ärmel und grinste ihn an, wobei eine klaffende Zahnlücke sichtbar wurde. Dann öffnete er die Jacke seiner Uniform, links kam eine Metallzwinge und rechts eine Brechstange zum Vorschein. „Mit den Teilen ist das ein Kinderspiel", raunte Booster Florian zu, und ausnahmsweise freute sich Florian über die einschlägigen kriminellen Erfahrungen seines Kumpels.

Im gleichen Moment erleuchtete der Lichtkegel eines schwer beladenen Lastwagens die Straße vor ihnen. Die drei pressten sich an die Wand, während mit knatternd dröhnendem Motor der Lastwagen an ihnen vorbeirollte. Schemenhaft konnte Florian im spärlichen Abendlicht auf der Ladefläche grob gezimmerte Holzkisten erkennen. Anscheinend hatten die Nazis bereits mit dem Verladen der Kisten begonnen. Sie mussten sich beeilen.

## 1940

Deutschland besetzt Holland, Belgien und Frankreich. Reichsmarschall Hermann Göring, Hitlers wichtigster Minister und fanatischer Kunstsammler, lässt ganze Eisenbahnwaggons voll geraubter Kunst nach Berlin transportieren.

Booster schaute in Richtung Haupteingang. Die SS-Patrouille hatte gerade ihren Rundgang beendet. Weiter vorne redeten zwei Männer in Uniform miteinander. Ihre Zigarettenglut leuchtete im Dunkeln. Sie lachten laut auf und schienen sich blendend zu amüsieren. Von denen ging momentan keine Gefahr aus. Blitzschnell nahm Booster den schmalen Kroko auf seine muskulösen Schultern, dann hievten sie den noch kleineren, federleichten Florian nach oben. Booster stemmte sich gegen die Wand, um das Gewicht der beiden tragen zu können. Er biss die Zähne zusammen. Anweisungen waren nicht mehr nötig, schließlich hatten sie alles vorher minutiös durchgesprochen. Florian holte ein Seil aus seiner Hosentasche und befestigte es an der Fahnenstange, die zwischen den Fenstern des ersten und zweiten Stocks aus der Wand ragte. Mittlerweile hatte Booster Kroko die Brechstange und Metallwinde nach oben gereicht. Gerade wollte Florian die Winde ansetzen, um die beiden Stangen auseinanderzubiegen, da merkte er zu seinem Erstaunen, dass beide nur locker im Putz saßen und seinem leichten Druck sofort nachgaben. Auch das Fenster war nicht verriegelt und ließ sich leise knarrend nach innen öffnen. Diese wunderbare Wendung hatten sie sicher nicht dem Baupfusch zu verdanken. Florians Vater hatte ihren Einstieg offenbar schon gründlich vorbereitet. Bei aller Anspannung spürte Florian eine Welle der Erleichterung. Sein Vater hatte ihn also doch nicht auf ein verrücktes Himmelfahrtskommando geschickt, wie es anfangs erschienen war.

Florian reichte Kroko das Seil und hüpfte selbst leise in den Raum Sekunden später hatten sich auch Kroko und Booster mit dem an der Fahnenstange befestigten Seil hochgehangelt und standen neben ihm. Die drei Freunde sahen sich in dem nur spärlich von außen beleuchteten Zimmer um. Links und rechts standen Schreibtische, allerdings ohne Akten oder sonstige Unterlagen. Dafür stapelten sich darauf mehrere Dutzend Kisten. Eine Reihe großer, sehr flacher Kartons lehnte an der Wand. Als Florian näher herantrat, sah er, dass in ihnen Gemälde in schweren Goldrahmen verpackt waren. Aus einer anderen, hohen und schmalen Kiste schaute eine barocke Bronzestatue hervor. Alle waren sie mit einer Nummer und den Buchstaben HG versehen. „Hermann Göring!“, schoss es Florian durch den Kopf.

Booster öffnete die Tür zum Gang ein wenig. Ein schwacher Lichtschein fiel herein und warf lange Schatten auf die Wände und Kisten. Von Weitem hörten die Jungen hektische Schritte, Stimmen und das Geklapper einer Schreibmaschine. Am Nachmittag hatte Booster in Erfahrung gebracht, dass hier Kunstschätze aus den Museen und Kirchen Berlins für den Abtransport in Richtung Süden zusammengetragen wurden. Von wegen Endsieg! Selbst der engste Kreis um Adolf Hitler hatte sich längst damit abgefunden, dass Deutschland diesen größenwahnsinnigen Krieg verloren hatte und es nur noch eine Frage von Tagen war, bis die Truppen der Amerikaner, Engländer, Franzosen und Sowjets das Land zur Kapitulation zwangen. Jetzt versuchten die Nazigrößen die wertvollsten Kunstwerke vor den gefürchteten sowjetischen Truppen in Bergstollen und geheimen Depots in Sicherheit zu bringen.

Die gesuchte Kiste mit der Nummer 767 war quadratisch und aus hellem Holz. Was mochte wohl drin sein, fragte sich Florian. Was war so wichtig, dass sein Vater ihn selbst und Booster in solche Gefahr brachte, um sie zu bergen? Zwar hatte Vater in seinem Brief nicht ihn, sondern Booster und seine Brüder mit der Bergung der Kiste beauftragt. Dass Booster die Sache mithilfe der beiden Freunde selbst in die Hand nehmen würde, hatte Vater nicht ahnen können. Was blieb, war die Frage, warum er die Kiste überhaupt stehlen ließ? So etwas war überhaupt nicht seine Art. Aber für solche Gedankenspiele hatten sie jetzt wirklich keine Zeit. Plötzlich zuckte Florian zusammen. Von der Straße drangen laute Stimmen zu ihnen herauf. Entsetzt schaute er zu Booster hinüber, doch der lächelte nur entspannt und schwenkte das Seil in seiner Hand. Natürlich hatte er daran gedacht, alle äußeren Hinweise zu beseitigen und das Fenster wieder zu schließen, bevor er als Letzter in den Raum hinabgesprungen war.

Vorsichtig spähte Kroko aus dem Fenster. Eine SS-Patrouille entfernte sich Richtung Wilhelmstraße. Eine andere, von der Reichskanzlei kommend, war im Anmarsch. Die Kiste aus dem Fenster herauszubugsieren, war unter diesen Umständen viel zu riskant. Was sollten sie nur tun?

Kroko wandte sich der Tür zu und spähte vorsichtig hinaus. Offenbar waren für den Abtransport der Kunstschätze ein paar Einheiten vom Volkssturm abgezogen worden, denn es liefen auch einige Jungen in ihrem Alter in HJ Uniformen mit Kisten auf dem Flur entlang. „Fortes Fortuna adiuvat", flüsterte Kroko und deutete mit den Augen auf einen Hitlerjungen, der gerade an ihrer Tür vorbeieilte. Florian und Booster schauten ihn entgeistert an – das war nun wirklich nicht der geeignete Augenblick für lateinische Zitate. „Den Mutigen hilft das Glück", übersetzte Kroko und rückte vielsagend den braunen Kragen seiner Uniform zurecht. Die beiden anderen wechselten einen Blick und nickten. Viel Zeit zum Überlegen hatten sie ohnehin nicht. Und war nicht bisher alles glattgelaufen? Dann konnten sie es auch wagen, mit der Kiste einfach aus dem Vordereingang hinauszuspazieren.

Booster flüsterte breit grinsend: „Heil Hitler. Ich nehme unsere Kiste. Schnappt ihr euch auch irgendwas, damit ihr beschäftigt ausseht." Booster griff die Kiste 747 und Florian und Kroko je ein längliches schmales Paket, mit dem sie ihre noch recht jung wirkenden Gesichter jederzeit verdecken konnten. Auf ein Zeichen von Booster marschierten sie hintereinander auf den Flur hinaus und reihten sich in den Strom der anderen Kistenträger ein.

Verstohlen blickte sich Florian nach dem Ausgang um. Doch Booster folgte einfach den Uniformierten vor sich – und wirklich, Minuten später standen sie im Innenhof vor einer Reihe von Lastwagen. Kaum angekommen schritt einer der Aufseher, ein blonder Hüne mit Klemmbrett und Stift in der Hand, auf die Freunde zu. Er notierte die Kistennummern, brüllte „Sonderlager G!" und wies mit der Hand auf einen kleinen Lastwagen, der etwas abseits stand. „Jawoll!", brüllte Booster zurück.

Schnell sprangen die Jungen auf die Ladefläche des Lkw. Sie stellten die Kisten ab, doch statt dann wieder herunterzuklettern, kauerten sie sich hinter einen der Kistenstapel. Alle waren mit HG markiert. Hoffentlich hatte der Aufseher sie nicht gesehen.
Da hörten sie auch schon seine Stimme: „Es fehlen noch ein paar Kisten für den Sonderlagertransport. Jetzt aber mal zackig, ich will hier nicht übernachten!" Wenige Minuten später wurden weitere

Kisten auf die Ladefläche geschoben. Der Lkw füllte sich. Nach einer Weile, die den Jungs wie eine kleine Ewigkeit erschien, wurde der Motor angelassen. Erleichtert atmeten die drei Freunde auf. Endlich ging es raus aus dieser Mausefalle. Doch kaum hatte sich der Lkw in Bewegung gesetzt, als zwei mit Maschinengewehren bewaffnete SS-Männer auf die Ladefläche sprangen und sich auf zwei Kisten niederließen.

Verdammt! Mit Begleitschutz hatten die Jungen nicht gerechnet. Panik stieg in ihnen hoch. Selbst Booster kniff für einen Moment verärgert die Augen zusammen. Wie sollten sie jetzt unbeobachtet mit der Kiste verschwinden? Mucksmäuschenstill kauerten sie sich zusammen.

## 1944

Über 10.000 Tonnen Bomben fallen auf Berlin. 5000 Berliner sterben in den Trümmern, 250.000 werden obdachlos.

Der Lastwagen war inzwischen vom Hof des Reichsluftfahrtministeriums heruntergefahren. „Und wohin jeht die Schose, Flakturm Zoo?", fragte einer der beiden SS-Männer seinen rundlichrotgesichtigen Kameraden. „Ne, Sonderlager G, streng vertraulich. G steht für, du weißt schon wer, seine Klunker kommen jetzt in ein bombensicheres Lager unter der Säulenhalle im Tiergarten." Der zweite SS-Mann nickte und lehnte dann den Kopf an die Rückwand des Lkw. In langsamem Tempo bog der Laster in die Prinz-Albrecht-Straße ein. Links von ihnen lag das gefürchtete Gestapo-Hauptquartier und gleich daneben der prächtige Bau, in dem die Antikensammlung untergebracht war. Hier hatte Florian seinen Vater oft besucht. Doch heute Nacht kam ihm das einst so vertraute Gebäude düster und bedrohlich vor.

Wieder bog der Lkw scharf rechts ab und fuhr auf die Anhalter Straße in Richtung Potsdamer Platz. Der einst verkehrsreichste Platz der Welt war wie der Rest der Stadt ein Ruinenfeld. Tagsüber herrschte hier noch immer etwas Betrieb und lenkte von der Zerstörung der ringsherum stehenden Gebäude ab. Aber nachts lag die riesige Verkehrskreuzung wie ausgestorben da, dann wirkten die ausgebrannten Überreste des Columbushauses und des „Hotel Fürstenhof" wie gigantische Skelette. Gerade rollte der LKW auf den Potsdamer Platz, da wurde er von einem Kontrollposten angehalten. Die Jungs hörten den Fahrer vorne mit dem Posten sprechen. Nach ein paar Minuten wurden sie endlich durchgewinkt und konnte die Fahrt fortsetzen. Florian spürte einen mächtigen Kloß im Hals. Das Ziel des Transports lag mitten im Tiergarten, wie sollten sie auf dem kurzen Weg dorthin mit der Kiste verschwinden?

Noch ehe er einen neuen Plan schmieden konnte, wurde er von einem Geräusch aus seinen Gedanken gerissen. Er horchte auf. Sein Freund Booster hatte längst bemerkt, was los war. Da schnarchte jemand, laut und vernehmlich! Als sie einen Blick aus ihrem Versteck riskierten, sahen sie die beiden Wachen, auf ihre Maschinengewehre gestützt, mit offenen Mündern schlafen. Seit dem frühen Morgen oder länger im Einsatz, waren die beiden eingeschlafen.

Der Rest war Geschick und Zehenspitzengefühl. Vor dem Brandenburger Tor hielt der Lastwagen an, um einen Transport von Flakgeschossen für die Luftabwehr vorbeizulassen. Da gab Booster ein Zeichen. Er schnappte sich die Kiste und hob sie vorsichtig an den schnarchenden SS-Männern vorbei. Dann sprang er von der Ladefläche herunter. Florian und Kroko folgten ihm, und schnell und leise wie Katzen in der Dunkelheit waren sie hinter einem Pfeiler des Brandenburger Tores verschwunden.

Eine gute halbe Stunde später hatten sie ihr Versteck in Clärchens Ballhaus erreicht. Aufgeregt saßen sie um die Kiste herum. Florians Vater hatte ausdrücklich geschrieben, sie sollten die Kiste nicht öffnen, sondern auf seine Rückkehr warten. Booster und Kroko schauten Florian an. Hatte der Vater das wirklich ernst gemeint? Oder konnten sie es wagen, einen Blick hineinzuwerfen? Florian überlegte einen Augenblick. Dann siegte seine Neugier.
Entschlossen nahm er Booster die Brechstange aus der Hand, die dieser schon griffbereit vor sich auf den Boden gelegt hatte, und öffnete vorsichtig den Deckel der Kiste. Dicker, weicher Filz kam zum Vorschein. Darunter lag eine große edle Schatulle, gearbeitet aus wertvollerem dunkelbraunem Holz. Vorsichtig hoben sie die Schatulle aus der Kiste und setzten sie auf das Kanapee. Was mochte sich in ihr verbergen? Ehrfürchtig hielten die drei den Atem an. Dann schob Florian den kleinen, fein gearbeiteten Riegel zur Seite und hob den Deckel ein wenig.

Kroko erkannte zuerst, was sich da unter dem roten Samttuch verbarg. Er schluckte und starrte die Freunde mit regungslosem Gesicht an. Dann begriffen auch Flo und Booster, was sie soeben mit vereinten Kräften den Nazis entrissen hatten. Dort, eingehüllt in roten Samt, lagen golden funkelnde Armbänder, Ringe und Diademe, filigrane Halsketten und die Krönung: der berühmte Pokal! Der Schatz des Priamos! Fassungslos schauten sich die Jungen an. Was hatte Florians Vater nur damit bezweckt? War er jetzt vollkommen wahnsinnig geworden, Florian zu beauftragen, diese Kunstschätze zu stehlen? Das Wertvollste, was die Antikensammlung zu bieten hatte: den Schatz des Priamos!

Da sah Florian noch etwas. Zwischen den Schatzstücken steckte ein kleiner Umschlag. Er war auf die gleiche Art gebastelt wie der Brief seines Vaters, der ihm am Morgen überreicht worden war. Florian öffnete den Umschlag und zog einen kleinen, eng beschriebenen Zettel heraus.

Es klang wie eine Strophe aus Homers Ilias. An der Schriftform erkannte Florian sofort, dass sein Vater ihm damit eine besondere Botschaft zukommen lassen wollte:

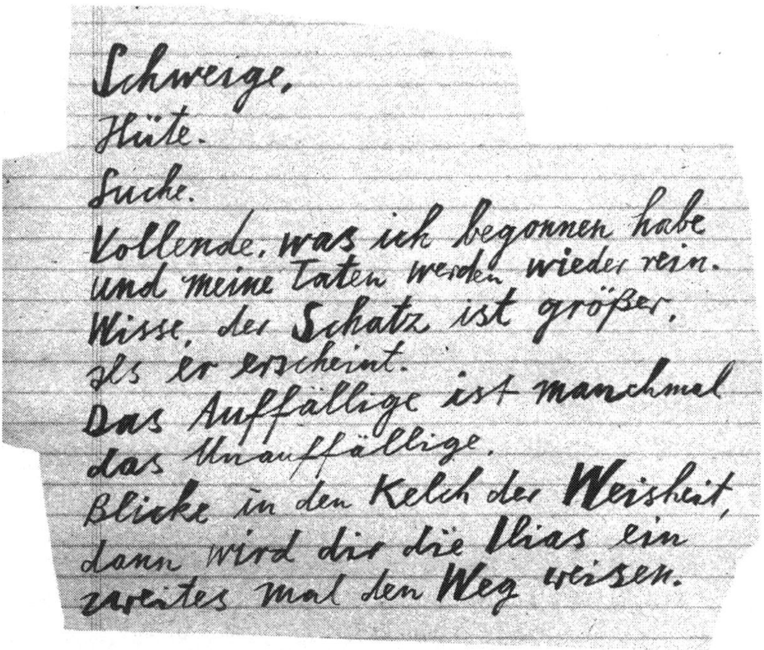

Schweige.
Hüte.
Suche.
Vollende, was ich begonnen habe
und meine Taten werden wieder rein.
Wisse, der Schatz ist größer,
als er erscheint.
Das Auffällige ist manchmal
das Unauffällige.
Blicke in den Kelch der Weisheit,
dann wird dir die Ilias ein
zweites mal den Weg weisen.

Fragend schauten sich die drei Freunde an. Keiner von ihnen ahnte, wie lange es dauern würde, bis sie auf dieses Rätsel eine Antwort finden würden.

7. Kapitel

# Topographie des Terrors

„Jetzt beginnt der archäologische Teil unserer Stadterkundung", rief Bockelmeier mit lauter Stimme durch die kühle Morgenluft. Archäologie, das war Edwinas Stichwort, sie riss die Augen auf und versuchte jedes weitere Gähnen zu unterdrücken. Was gar nicht einfach war. Schließlich war sie erst gegen zwei Uhr morgens von ihren Nachforschungen in Clärchens Ballhaus zurückgekehrt. Neben einem Schuppen im Garten des Jugendhotels hatte sie zum Glück eine Leiter entdeckt, auf der sie unbemerkt durch das immer noch offene Fenster zurück in die Villa gestiegen war.

Als Bockelmeier um 7.30 Uhr mit seiner berüchtigten, schrillen, chinesischen Polizeifahrradklingel die Weckrunde machte, hätte sie sich am liebsten die Decke über den Kopf gezogen. Doch Bockelmeier kannte kein Erbarmen: „Raus aus den Federn! Schlafen könnt ihr, wenn wir wieder zu Hause sind, bei meinen Kollegen im Unterricht." Also hatte sich Edwina ihrem Schicksal gefügt, war tapfer aufgestanden und hatte versucht, sich mit einer kalten Dusche neue Lebensgeister einzuhauchen.

Die Kältetherapie funktionierte, bereits auf dem Weg zur U-Bahn hatte Edwina ihre Ermittlungen in Gedanken wiederaufgenommen. Sie ließ ihre bisherigen Erkenntnisse Revue passieren: Florian Schimmelpfennig, ehemaliger Straußenfarmer, war 1945 ein kleiner Steppke im zerbombten Berlin gewesen. Er und seine beiden Freunde hatten ein vor Erwachsenen sicheres Versteck in Clärchens Ballhaus gehabt. Die drei nannten sich die Schatzhüter.

Edwina wusste, damit musste der Schatz des Priamos gemeint sein, ein offenbar antiker Schatz. Bilder dieses Schatzes hatte sie schon an den Wänden in Florians Studierzimmer gesehen und gestern Nacht einen Haufen Zeichnungen der einzelnen Gegenstände im Versteck in Clärchens Ballhaus gefunden. Einen Teil dieses Schatzes, den Pokal, hatte Florian ihr zur Verwahrung übergeben. In ihrer Erinnerung sah Edwina Florians Gesicht, als er ihr das Paket anvertraut hatte und ihr das Versprechen abnahm, es für ihn zu hüten. So war sie selbst zur Schatzhüterin geworden. Das große Geheimnis, von dem Florian vorher gesprochen hatte, musste irgendetwas mit diesem Pokal zu tun haben, denn vieles sprach dafür, dass Florians Entführer auf ebendieses antike Objekt abgesehen hatten.

Was für ein Geheimnis mochte sich hinter dem Pokal verbergen? Die Pläne, Landkarten und Unterlagen in Florians Arbeitszimmer sahen ganz nach einer groß angelegten Suchaktion aus. Aber eine Suche nach was? Dem Rest des Schatzes? Das schien ihr am wahrscheinlichsten, aber was bedeuteten die vielen anderen Unterlagen, von Stasi-Akten bis hin zu mathematischen Formeln, die Florian gesammelt hatte? Wenn Florian ihr doch mehr erzählt hätte! Dann hätte sie auch viel leichter herausfinden können, wo er sich jetzt befand. Seis drum. So musste sie halt mit den Fakten, die sie jetzt schon hatte, weitermachen: der Spur der Jungs, die weit in die Vergangenheit führte, und der Pokal. Das goldene Ding, stammte es wirklich aus dem Schatz des Priamos? Edwina schien er echt zu sein, aber was besagte schon die Expertise eines 13-jährigen Mädchens?

Mechanisch war Edwina hinter dem Rest der Klasse hermarschiert. Jetzt standen sie alle zusammen unweit vom U-Bahnhof Stadtmitte, an einer wie ihr schien absolut unspektakulären Ecke Berlins. Edwina las auf den Straßenschildern einmal Wilhelmstraße und einmal Mohrenstraße. Triste, mehrstöckige Wohn- und Büroblocks aus den 80er-Jahren säumten die Straße. Grau und langweilig. Rechts ein Supermarkt, etwas weiter ein Copy-Shop und dazwischen eine Pizzeria. Hatte Bockelmeier eben wirklich Archäologie gesagt? Archäologie, hier? Was hatte er jetzt schon wieder vor?

BERLIN 1945

ORTE DER NATIONALSOZIALISTISCHEN MACHT

Der Lehrer schwieg kurz und genoss für einen Moment den Anblick seiner leicht irritierten Schüler. Dann sagte er lächelnd: „So schön einfach wie gestern am Reichstag bekommt ihr die Vergangenheit heute nicht präsentiert." Während er das sagte, zog er einen alten vergilbten Stadtplan aus seiner Tasche. „Aber man muss sich nur zu helfen wissen. Rein zufällig habe ich einen Stadtplan aus dem Jahre 1938 dabei." Er begann den Stadtplan vorsichtig auseinander zu falten, hielt dann jedoch plötzlich inne, drehte sich um und wandte sich den Gesichtern seiner Schüler zu, die jetzt neugierig über seine Schulter blickten.

„Ob ihr's glaubt oder nicht, wir befinden uns hier in Berlins historischem Regierungsviertel. Hier tagte schon ein Vorläufer des Parlaments, zuletzt unter dem Vorsitz von..."

Bockelmeier ließ suchend seinen Blick über die Köpfe der Schüler streifen, die teils in die Luft, teils auf ihre Fußspitzen schauten oder anderweitig versuchten, dem fragenden Blick zu entkommen. „Otto Graf von Bismarck", rief Benno und zur allgemeinen Erleichterung nickte ihm Bockelmeier erfreut zu. „Wo Politiker sind, sind Journalisten nicht weit, das war schon damals so. Deshalb siedelten sich hier auch Zeitungen und Verlage an. In der Kochstraße werden heute immer noch Zeitungen gemacht. In dem Springer-Hochhaus sitzt die Chefredaktion der „Bild"-Zeitung und ein paar Häuser weiter die „Tageszeitung" kurz „taz". Aber zurück in die Vergangenheit. Nach dem Ersten Weltkrieg gab es in dieser Gegend über 50 Zeitungsredaktionen. Wie überall in Berlin ging es auch hier ziemlich rund. Für die politische Gesinnung wurde gerne mit den Fäusten gekämpft. Straßenkämpfe waren an der Tagesordnung. In der Weimarer Republik gab es ja fast ein Dutzend Parteien und entsprechendes Chaos. Die Politiker machten sich nicht wie heute üblich in Fernsehtalkshows breit, sondern tagten in Hotels, Bierhallen und Hinterzimmern von Cafés, am liebsten in dieser Gegend hier, rund um die Vossstraße. Die Nationalsozialistische Deutsche Arbeiterpartei, die NSDAP, und ihre bereits damals gefürchtete Untergrundorganisation SA gehörten auch dazu. Damit nahm das Unheil seinen Lauf."

Bockelmeier wandte sich wieder dem Stadtplan zu und begann etwas zu suchen. Endlich fand er genau die Straßenecke, an der sie standen. „Das Hauptquartier der NSDAP lag in der heutigen Zimmerstraße, im Hotel „Kaiserhof". Also gleich um die Ecke. Die Nazis waren straff organisiert und lauerten stets darauf, zuzuschlagen, sobald sich die geringste Gelegenheit bot.

Ihr müsst euch vorstellen, die Menschen in Deutschland waren zu der Zeit vom verlorenen Ersten Weltkrieg entkräftet und desillusioniert. Jeder Vierte war arbeitslos, die Leute lebten auf engstem Raum, Lebensmittel waren knapp und kaum bezahlbar. Tausende von Kriegsversehrten säumten die Straßen. Keine Arbeit, kein Lohn, keine Perspektive. Wer nicht in der Depression versank, schloss sich einer politischen Organisation an und ging auf die Barrikaden. Fast jede Partei, die KPD ebenso wie die SPD, hatte auch eine eigene Stoßtruppe, einfacher gesagt ihre Schlägertruppe. Bei der NSDAP war das die gefürchtete Sturmabteilung in braunen Hemden, die SA.

Politische Auseinandersetzungen wurden vor allem auf der Straße mit den Fäusten ausgetragen. Täglich gab es Schlägereien mit Verletzten und Toten. Genauso chaotisch ging es auch im Reichstag zu. Es gab Wahlen und Neuwahlen, gefolgt von weiteren Wahlen, merkwürdige Koalitionen, gebrochene Verabredungen und Manipulationen. Und inmitten dieser Wirren wurde Hitler am 30. Januar 1933 von Reichspräsident v. Hindenburg zum Reichskanzler ernannt. Damals ahnte kaum einer, welche Folgen das haben würde."

Die Klasse hatte es sich mittlerweile auf den Stufen eines kleinen Stadtpalais bequem gemacht. „Nachdem die Nazis das Ruder übernommen hatten", fuhr Bockelmeier fort, „wurde die Hetze auf politisch anders Denkende und Juden zur Staatssache. Ihre Verfolgung wurde akribisch geplant und durchgeführt. Hier, im Viertel um die Wilhelmstraße, wurden all die verheerenden Taten des Nazi-Regimes koordiniert. Und deshalb, meine Damen und Herren, stehen wir jetzt genau hier." Bockelmeier machte eine ausladende Bewegung. „Seht ihr das chinesische Restaurant dort drüben? Dort stand Hitlers Reichskanzlei. Sie nahm einen ganzen Häuserblock ein und war an Gigantomanie kaum zu übertreffen. Gegenüber, an der Wilhelmstraße 61, lag das Reichspropagandaministerium, dessen Chef war Josef Goebbels. Der war für die Massenveranstaltungen und die Propaganda verantwortlich, mit denen die Nazis den Leuten Sand in die Augen streuten."

Ungläubig schauten die Schüler auf die modernen Gebäude um sie herum, die zum Großteil aus den 1980er- und 1990er-Jahren stammen. „Von alldem ist heute nichts mehr zu sehen. Nach dem Krieg war viel zerstört worden. Wochenlang hatten hier die letzten Stellungskämpfe getobt. Der Führerbunker und der Befehlsstab der Wehrmacht lagen direkt unter der Reichskanzlei. Als die Russen ihre Fahne am 2. Mai 1945 auf dem Reichstag hissten, war hier alles zerbombt und zerschossen. Die Reichskanzlei wurde kurz darauf von den Alliierten gesprengt und die Ruinen für den Wiederaufbau ausgeschlachtet. Vorhin, als wir am U-Bahnhof Mohrenstraße hielten, habe ich euch doch gesagt, ihr sollt euch mal die Wände genauer ansehen. Das war Marmor aus Hitlers Reichskanzlei. Nach dem Krieg hatte niemand Interesse, diese Gebäude direkt an der Sektorengrenze wieder aufzubauen. Schon gar nicht die DDR, zu der dieses Gebiet später gehörte. Die Mauer verlief gut 100 Meter von hier. Die ganze Gegend war also Sperrgebiet und für normale DDR-Bürger sowieso nicht zugänglich. Um dem Westen zu zeigen, wie gut man im sozialistischen Teil Deutschlands leben kann, wurden dann in den 80er-Jahren diese Luxus-Plattenbauten hier gebaut, mit Wohnungen für verdiente Parteimitglieder."

Jetzt meldete sich Benno zu Wort: „Der dicke Klotz da hinten an der Ecke, der sieht aber doch ziemlich nach düsterem Nazi-Bau aus."
„Richtig", antwortete Bockelmeier, „das ist das ehemalige Reichsluftfahrtministerium, Sitz von Hermann Göring, Hitlers Stellvertreter. Das Gebäude hat ein Meter dicke Mauern und konnte den Bomben standhalten. Nach dem Krieg wurde es gleich wieder gebraucht als Haus der Ministerien der DDR. Lasst uns mal in die Richtung spazieren. Weiß einer von euch, wer heute hinter den dicken Wänden residiert? Das Bundesfinanzministerium."

Trotz ihrer großen Fantasie hatte Edwina Schwierigkeiten, sich vorzustellen, dass die vielen Szenen, die sie aus dem Fernsehen und Kino über die Nazizeit und den Krieg kannte, sich hier an diesem unspektakulären Ort abgespielt hatten. Und noch ein Gedanke ließ sie nicht los: Wie hatten die drei Schatzhüter, die gegen Ende des Krieges ungefähr in ihrem Alter gewesen sein mussten, es geschafft, den Krieg und die Bombardierungen heil und sicher zu überstehen? Wer waren ihre Eltern? Hatten sie Geschwister, wer hatte sich um sie gekümmert?

Sie gingen an dem großen grauen Gebäude entlang, das einst das Reichsluftfahrtministerium gewesen war und den ganzen Häuserblock einnahm. Auch jetzt wirkte es noch immer dunkel und düster. Vor ihrem inneren Auge sah Edwina Männer in Nazi-Uniformen durch die Tore ein und aus gehen. Unweigerlich schüttelte sie sich vor Grauen. Dann überquerte sie mit der Klasse die nächste Straße und stand zu ihrem Erstaunen vor einem Mauerstück, ungefähr drei Meter hoch, einst bunt bemalt und jetzt von den Meißeln der Souvenirjäger durchlöchert. Endlich ein Stück Berliner Geschichte, das noch greifbar war. „Aufgepasst", sagte Bockelmeier, „dieses Stück Beton hat wirklich Seltenheitswert". Es ist eines der letzten Teile des antifaschistischen Schutzwalls, so pflegte die DDR-Regierung die von ihr errichtete Mauer rund um West-Berlin offiziell zu nennen. Wir stehen hier genau an der Grenze zwischen dem ehemaligen Ost-Berlin und West-Berlin. Es ist gar nicht so lange her, da war dies die am schärfsten bewachte Grenze der Welt, mit Minengürtel und Selbstschussanlagen. Heute drohen hier keine Gefahren mehr. Also können wir bedenkenlos in den Westen rübermachen", sagte Bockelmeier und ging ein paar Schritte weiter auf die andere Seite der Mauer.

Hier standen sie plötzlich auf einem Grundstück das wirklich wie der Ort einer archäologischen Ausgrabung aussah. „Auch im Westen wollte man sich nach dem Krieg möglichst nicht mehr an die Nazi-Vergangenheit erinnern lassen. Aber man hat es hier zum Glück nicht ganz geschafft, sie loszuwerden. An dieser Stelle in der Prinz-Albrecht-Straße befand sich die Schaltstelle all der Verbrechen, die während der Nazizeit begangen wurden. Hier war das Hauptquartier der Geheimen Staatspolizei, kurz Gestapo genannt. Wer hierher gebracht wurde, konnte wochenlang ohne Begründung festgehalten werden. Brutalste Verhöre und Foltermethoden waren in den Gefängniszellen an der Tagesordnung, und Tausende Gefangene wurden hier ermordet. Mitte der 50er-Jahre ließ der Westberliner Senat das Gebäude abreißen und das Gelände als Parkplatz nutzen. Erst 1986 wurden bei Ausgrabungen die Grundmauern des Gestapo-Gebäudes und Teile der Keller, die als Gefängnisse und Folterkammern genutzt wurden, entdeckt. Auch wenn von der Vergangenheit selbst nicht viel zu sehen ist, kann man sie hier in dem Museum ‚Topographie des Terrors', das jetzt auf dem Gelände steht, nacherleben."

Die Klasse folgte Bockelmeier, der auf ein modernes Gebäude zuging, das die Ausstellung beherbergte. „Ihr fragt euch, wie ein einzelner Mann solch eine vernichtende Macht erlangen konnte? Sicher findet ihr hier ein paar Antworten. Nehmt euch Zeit und schaut die Ausstellung in Ruhe an. Wir trennen uns jetzt und treffen uns in einer Stunde auf der Treppe des Martin-Gropius-Baus wieder, das ist das große, schön restaurierte Gebäude da vorne."

## 1945

Stunde null. Berlin ist ein Trümmerfeld. Es gibt weder Strom noch Wasser. 54 % des Wohnraums sind zerstört. Nur 91 von 3715 Tieren im Zoo haben den Krieg überlebt, darunter das Nilpferd Knautschke.

Die Klasse betrat das Gebäude und Edwina begann die Foto-Dokumente und Fakten der Ausstellung zu studieren. Die Verfolgung der Juden, das war etwas, das nicht im Geheimen abgelaufen war, wie die Fotos und Dokumente der Ausstellung deutlich zeigten. Berufsverbote. Arisierung. Konzentrationslager. Endlösung. Die Systematik, mit der die Nazis Stück für Stück das ganze Land umkrempelten, Gesetze erließen, Gräueltaten verübten und schließlich Millionen vollkommen unschuldige Menschen ermordeten, war unfassbar. Eine wahnsinnige, bürokratische Vernichtungsmaschinerie. Alles haarklein festgehalten in Listen und Erlassen, Akten und Ordnern. Edwina schauderte. Das war die Welt, in der ihre „Schatzhüter" gelebt hatten. Waren sie vielleicht auch Nazis gewesen? Sie schüttelte den Kopf, nein, das Versteck in Clärchens Ballhaus sah nicht nach einem Hitlerjungen-Sammelplatz aus.

Edwina wanderte an den erschütternden Zeitdokumenten der Ausstellung entlang. Immer wieder stellte sie sich die drei Jungs in dieser Zeit vor. Wie hätte sie sich damals gefühlt, was hätte sie in so einem Land getan? Eine Stunde war längst nicht genug, um das alles zu erfassen. Als sie an den Stufen des Martin-Gropius-Baus ankam, wartete ein Großteil der Klasse schon auf sie. Das bedrückende Thema hatte alle sichtlich mitgenommen. Statt fröhlichem Schnattern herrschte betretene Stille.

„Kommt, da drinnen gibt es ein kleines Café mit einer herrlichen Kuchenauswahl, das wird euch etwas aufmuntern", motivierte Bockelmeier seine Klasse. Sie gingen die Treppen des prachtvollen alten Gebäudes hinauf und standen wenig später in einem imposanten Lichthof, groß wie ein Fußballfeld, an dessen beiden Flanken Treppen in die oberen Etagen führten. „Seht ihr, jetzt kommen wir zu erfreulicheren Themen", sagte Bockelmeier, während er das Zentrum des Lichthofs ansteuerte und sich in Position brachte. „Der Gropius-Bau war früher das Museum für Vor- und Frühgeschichte, in dem Schätze des Altertums aufbewahrt wurden, wie beispielsweise Schliemanns bedeutender Troja-Fund, der Schatz des Priamos." Wie vom Blitz getroffen fuhr Edwina herum und schaute Bockelmeier fragend an. „Schätze, Gold und Heldensagen interessieren dich,

Edwina?“, fragte Bockelmeier mit ironisch ungläubigem Unterton. Edwina nickte.

Noch ehe Bockelmeier fortfahren konnte, schaltete sich eine dünne, näselnde Stimme ein: „Ja, Schliemanns Goldschatz, der Schatz des Priamos, wurde hier wirklich bis zum Ende des Zweiten Weltkrieges ausgestellt.“ Ein kleiner weißhaariger Museumswärter kam langsam über den Lichthof auf sie zu, hocherfreut, willige Zuhörer gefunden zu haben. „Dann hat man ihn, gemeinsam mit allen anderen wertvollen Ausstellungsstücken, im Krieg zum Schutz vor Bombenangriffen ausgelagert. Das meiste ging in den Flakturm Zoo. Unser damaliger Direktor ist gleich mit in die Bunkeranlage gezogen, er wollte das Wohl seiner Schätze nicht den Wachmannschaften überlassen. Vertrauen ist gut, Kontrolle ist besser.“ Der schmächtige, kleine Museumswärter, der in seiner Uniform unterzugehen schien, kicherte wie ein meckernder Ziegenbock. „Aber gegen Ende des Krieges konnte auch er nichts mehr ausrichten. Viele der kostbaren Ausgrabungsfunde hat man leider nie wieder gesehen, die wurden von den Sowjets waggonweise abtransportiert. Und auch die Herren mit den braunen Hemden haben noch in letzter Minute einen guten Teil zur Seite geschafft und später zu Geld gemacht. Immer wieder sind in den Jahrzehnten danach Stücke aus unserer Sammlung auf dem internationalen Kunstmarkt, in der Schweiz oder in Südamerika aufgetaucht.“

„Und der Schatz des Priamos?“, fragte Edwina ungeduldig. Die Antwort kam im gleichen, näselnden, etwas leiernden Tonfall. „Der Schatz war über Jahrzehnte spurlos verschwunden und ist erst 1991 im Puschkin-Museum in Moskau wieder aufgetaucht. Das hatten sich die Russen auch unter den Nagel gerissen.“

Der Schatz des Priamos in Russland? Edwina war vollkommen überrascht, versuchte sich aber nichts anmerken zu lassen: „Das heißt, hier kann man gar nichts mehr darüber erfahren?“ „Nein, mein Fräulein. Das Gebäude wird nur noch für Sonderausstellungen genutzt. Da die Antikensammlung im Westen Berlins, im Flak Turm Zoo, ausgelagert war, blieb sie auch nach der Teilung Berlins im Westen und zog später ins Schloss Charlottenburg. Aber mittlerweile hat sie wieder einen prominenten Platz im restaurierten Neuen

Museum auf der Museumsinsel in Mitte. Vom Schliemann-Schatz gibt es dort allerdings nur Abgüsse zu sehen."

Da sich der Rest der Klasse in Richtung Café aufgemacht hatte, bedankte sich Edwina für die Auskunft und trottete leicht verwirrt hinterher. Während des Krieges war der Schatz des Priamos von hier in einen Flak Turm gebracht worden und war dann 50 Jahre später in Moskau wieder aufgetaucht. Wahrscheinlich hatten die Russen ihn direkt nach Kriegsende abtransportiert. Aber, wie waren dann die drei Jungs in seinen Besitz gekommen?

Langsam, langsam, ermahnte sich Edwina. Erst einmal musste sie mehr über den Schatz, den Flakturm Zoo und das Puschkin-Museum herausfinden. Sie kaufte sich ein Sandwich und eine Cola und setzte sich auf einen der letzten freien Plätze im Café. Bockelmeier begann die Liste der zu vergebenden Berlin-Referate vorzulesen, während seine Schüler schwatzten und schmatzten. Den Nachmittag sollten die Kinder dazu nutzen, jeweils ein Thema vor Ort zu recherchieren. „Französischer Dom: Benny, Friedensengel: Christine, Neue Nationalgalerie: Jörn, Staatsbibliothek ..." Begeistert riss Edwina den Arm in die Höhe. Fragend zog Bockelmeier die buschigen Augenbrauen hoch, trug Edwinas Namen aber dann in die Liste ein und beschloss, sich nicht mehr über das Verhalten seiner Schülerin Edwina zu wundern.

8. Kapitel

# Antworten aus der Vergangenheit

Gemeinsam mit Ben und Cosima schlenderte Edwina die Alte Potsdamer Straße entlang. Straßennamen waren in Berlin scheinbar so eine Sache. Alt war an dieser Straße nämlich fast gar nichts, sie war Teil des nach der Wiedervereinigung neu gebauten Ensembles um den Potsdamer Platz. Der historische Straßenverlauf war zwar gleich geblieben, aber zu beiden Seiten glitzerten nun moderne Glaspaläste mit Läden, Kinos und Einkaufszentren. Nur ein einziges historisches Gebäude war erhalten geblieben, das Weinhaus Huth. Es stand seit über 100 Jahren an derselben Stelle und hatte die wechselvolle Geschichte des Potsdamer Platzes an sich vorbeiziehen sehen.

Ben und Cosima steuerten geradewegs auf die große Einkaufspassage am Potsdamer Platz zu. Sie hatten gehört, dass es hier, im Caffe e Gelato, das beste Eis ganz Berlins geben sollte. Das wollte sich auch Edwina auf keinen Fall entgehen lassen. Erst nach der zweite Portion Zitroneneis verabschiedete sie sich von Ben und Cosima und machte sich auf den Weg. Der asymmetrische Flachbau der Staatsbibliothek, auch Stabi genannt, lag schräg gegenüber der gläsernen Neuen Nationalgalerie, einem weiteren architektonischen Wahrzeichen Berlins. Auf diesem Gebiet gleich neben dem Potsdamer Platz gab es noch mehr auffällige Bauten aus den 70er- und 80er-Jahren: die Philharmonie, der Kammermusiksaal und das Musikinstrumentenmuseum. Die Staatsbibliothek gehörte auch zu dem Ensemble, das zu Mauerzeiten am Rande des Westteils der Stadt gebaut worden war. Es lag jetzt nicht mehr im Niemandsland, sondern wieder mitten in Berlin.

Edwina betrat das Foyer der Stabi. In Bibliotheken kannte sie sich aus. Ihr Großvater hatte sie schon von klein auf in die Bücherei ihres Heimatorts mitgeschleppt. Mit fünf Jahren besaß sie ihren eigenen Bibliotheksausweis und hatte begonnen, sich von den Bilderbüchern langsam durch die komplette Kinder- und Jugendabteilung zu arbeiten. Auch in der Stabi fand sie sich gleich zurecht, obwohl hier natürlich alles viel größer und imposanter war. Edwina setzte sich an ein Computerterminal, zog einen Hocker heran und gab „Schatz des Priamos“ in die Suchleiste des Bibliothekarchives ein. Die Fülle der gefundenen Einträge überraschte sie. Dass der Schatz berühmt war, hatte sie geahnt. Aber wer hätte gedacht, dass es allein in dieser Bibliothek Hunderte von Büchern und Artikeln über ihn gab!? Sie notierte sich die vielversprechenden Titel und Signaturen und ging an einem gelangweilt dreinblickenden Bibliotheksmitarbeiter vorbei durch ein Drehkreuz und dann die Treppe hinauf zum allgemeinen Lesesaal.

Den Kopf schräg zur Seite geneigt suchte sie die Reihen nach den ausgewählten Titeln ab und setzte sich wenig später mit einem Stapel Bücher in eine Leseecke. Sie war neugierig auf alles, was mit dem Schatz in Zusammenhang stand.

Dem ersten Buch entnahm Edwina, dass der Schatz des Priamos nach einem Herrscher Trojas benannt war, er stammte sogar aus Troja. Die Geschichte der Stadt hatte der griechische Dichter Homer in seinem Epos Ilias beschrieben. Da ist ja schon die nächste Spur, dachte Edwina: Die Ilias, das Buch hatte sie doch gestern Abend im Versteck der Jungen gefunden. Sie las weiter. Das verschollene Troja war 1871 in der heutigen Türkei von Heinrich Schliemann entdeckt worden. Schliemann, ein deutscher Kaufmann mit einer großen Schwäche für die Antike, hatte in jungen Jahren ein riesiges Vermögen verdient, das er später in sein kostspieliges Hobby, die Archäologie, investierte. Schliemann musste eine blühende Fantasie gehabt haben, denn er glaubte fest daran, dass er das verschollene Troja finden würde, wenn er nur genau den Beschreibungen des über 2000 Jahre alten Buches Ilias folgen würde. Nach vielen vergeblichen Versuchen stieß er dann tatsächlich am Hügel von Hisarlik in 8,5 Metern Tiefe auf die Überreste des alten Troja. Mauern, antike

Haushaltsgegenstände, Schmuck und Waffen kamen zum Vorschein. Das Herzstück des Fundes bestand jedoch aus einem umfangreichen Goldschatz: einem prunkvollen Pokal, kunstvoll gearbeiteten Diademen, Halsketten, Armreifen, Lockenspangen und Ohrringen. Der Schatz des Priamos.

Nachdem Schliemann den Schatz unter dubiosen Umständen und gegen den Willen der türkischen Regierung nach Deutschland gebracht hatte, übergab er ihn dem Berliner Antiken-Museum. Dann war der Schatz in den Wirren des Zweiten Weltkrieges verloren gegangen und galt lange als verschollen. Das hatte Edwina ja schon am Vormittag von dem Museumswärter im Martin-Gropius Bau gehört. Erst 50 Jahre nach Kriegsende war er in Moskau wieder aufgetaucht. Edwina griff nach einem schweren Bildband mit dem Titel „Das Gold von Troja. Eine Ausstellung im Puschkin Museum Moskau“. Sie schlug die ersten Seiten auf: Endlich hatte sie den Schatz in gestochen scharfen Fotos vor Augen.

Schnell holte Edwina das Heft der Schatzhüter aus ihrer Tasche. Sie staunte, die Gegenstände auf den Fotos und die Zeichnungen stimmten haargenau überein. Mehr noch, einige Gegenstände hatten die Jungs aus unterschiedlichen Perspektiven gezeichnet. Das sprach dafür, dass sie die Objekte nicht nur von Farbtafeln abgemalt haben konnten. Die drei Freunde mussten den Schatz tatsächlich besessen haben. Edwina überlegte: Wenn der echte Schatz wirklich in den Händen der Jungen gewesen war, dann lag die Vermutung nahe, das auch Florians Pokal echt war. Hastig blätterte Edwina weiter und stieß auf ein in Moskau aufgenommenes Foto von Florians Pokal. Ja, genau so sah er aus. Aber war er auch wirklich echt und einmalig? Hatte es in Schliemanns Fund vielleicht zwei gleiche Pokale gegeben? Sie blätterte den Bildband ein zweites Mal von vorne bis hinten durch. Nein, in der Moskauer Sammlung gab es nur den einen Pokal. Aber wenn der echte Pokal in Moskau war, was trug sie dann hier in ihrem Rucksack?

Enttäuscht lehnte sich Edwina zurück. Der Pokal in ihrer Tasche war also doch nur ein einfacher goldener Abguss oder schlimmer noch, ein Stück vergoldetes Eisen. Nein, das konnte einfach nicht sein. Wegen eines so wertlosen Gegenstandes wäre Florian nicht in so große Gefahr geraten. Es musste eine andere Erklärung geben. Noch einmal ging sie alles, was sie über den Schatz wusste, in Gedanke durch. Richtig, da gab es ja eine große Lücke. Zwischen Ende des Zweiten Weltkrieges im Mai 1945 und Oktober 1994 galt der Schatz fast 50 Jahre als verschollen. Was war mit ihm während dieser Zeit geschehen?

Edwina suchte in ihrem Bücherstapel nach Informationen zu dieser Zeit und fand eine Doktorarbeit über bedeutende Kunstsammlungen in der Nachkriegszeit. Die Arbeit war übersichtlich strukturiert. Schnell konnte sie die wichtigsten Inhalte erfassen: Als die Bombenangriffe der Alliierten auf Berlin immer zahlreicher wurden, versuchte jeder zu retten, was zu retten war. Die Sammlungen der Berliner Museen wurden in den Flaktürmen in Sicherheit gebracht. Auch die Nazigrößen wussten, dass es langsam dem Ende zuging. Männer wie Hermann Göring, der Befehlshaber der Luftwaffe war und zahlreiche weitere Ämter innehatte, sorgten im großen Maßstab vor. Sie legten in geheimen Depots Rücklagen für die Zeit nach dem Krieg an. In Bergwerkstollen horteten sie Kunstschätze, und in Seen versenkten sie das in den besetzten Nachbarländern geraubte Staatsgold.

Der Autor der Doktorarbeit hatte sorgfältig geforscht und auch die Bestände des Museums für Vor- und Frühgeschichte erwähnt. Es gab sogar ein Foto eines Flakturms. Er sah aus wie ein gigantischer Bunker, auf dem Dach waren große Kanonen montiert, das mussten die Flugabwehrgeschosse, kurz Flaks gewesen sein, die dem Flakturm seinen Namen gaben. Riesige Kanonen, mit denen feindliche Kampfflugzeuge abgeschossen wurden. Der Schatz des Priamos war tatsächlich im „Flakturm Zoo“ eingelagert worden. Aber nach der Einlagerung verlor sich jede Spur. Wenn Edwina darüber doch nur ein bisschen mehr erfahren könnte! Vielleicht musste sie woanders suchen.

Edwina ging zum Computerterminal und gab im Bibliotheks-Katalog das Stichwort Flakturm Zoo ein. Es dauerte einige Sekunden, dann erschienen die passenden Titel. Edwina überflog die Einträge, einer fesselte sofort ihre Aufmerksamkeit: Hinter der Signatur ZG79-69 verbarg sich eine Originalübersicht der Ein- und

Ausgänge des Flakturms Zoo zwischen den Jahren 1941 und 1945. Ihre Begeisterung wurde jedoch gleich gedämpft, als sie neben der Signatur den Vermerk „Geschlossene Abteilung“ sah. Damit war der Teil der Bibliothek gemeint, der nur mit Genehmigung zugänglich war.

Sofort schaute sich Edwina um und sah eine Hinweistafel an der Treppe. Der Eingang zur geschlossenen Abteilung lag im Erdgeschoss. Sie eilte zur Treppe und ging die Stufen hinab, dabei ließ sie den Blick schweifen, um sich ein genaues Bild der Lage zu machen. An der Ausleihe saß eine ältere Frau mit Brille und kurzen weißen Haaren. Davor hatte sich eine Schlange von Leuten gebildet, die ihre Bücher in Empfang nehmen wollten. An den Terminals im Katalogzentrum standen ein paar Studenten herum. Ansonsten war nicht viel los. Warum sollte sie es nicht wagen?

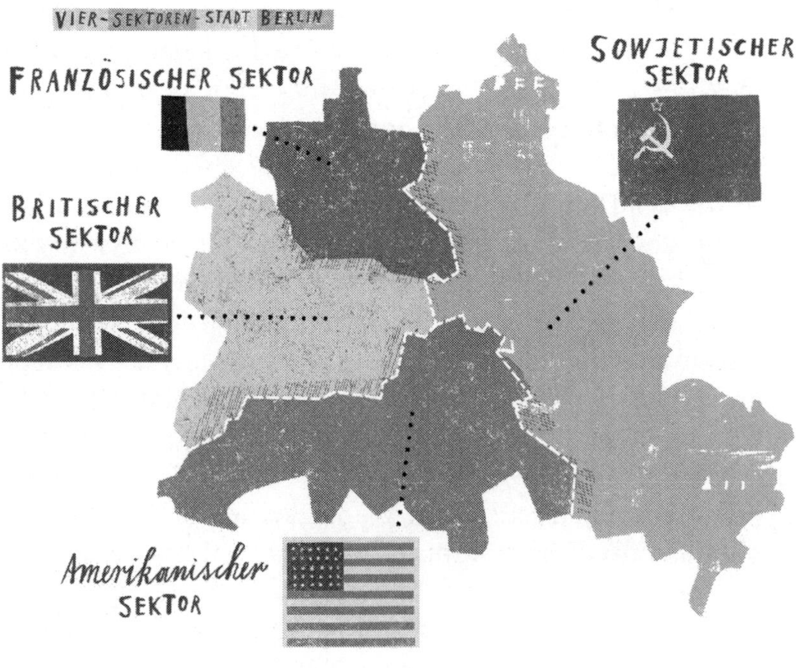


**August 1945**
Auf der Potsdamer Konferenz wird Berlin von den Siegermächten USA, Frankreich, England und Sowjetunion in vier Sektoren aufgeteilt.

Mit einem kurzen Blick über die Schulter vergewisserte sich Edwina, dass niemand sie beobachtete. Sie öffnete ihren Rucksack und verstaute die Holzschatulle mit dem Pokal, das Schatzsucher-Heft sowie Portemonnaie und Handy in ihren Jackentaschen. Dann füllte sie den Rucksack randvoll mit Prospektmaterial, das sie in dicken Stapeln von einem Informationsständer in der Nähe nahm. Edwina schloss den Reißverschluss und ließ den Rucksack einfach stehen, wo er war.

Mit Unschuldsmiene ging sie auf den gelangweilten Bibliotheksmitarbeiter am Drehkreuz zu. „Da drüben steht schon die ganze Zeit ein Rucksack“, sagte sie und stellte zufrieden fest, dass es ihr gelungen war, ziemlich besorgt zu klingen. Der Blick des Aufsehers folgte Edwinas Zeigefinger: Wirklich, dort am Rande der Halle, stand ein mittelgroßer, grüner, prall gefüllter Rucksack auf dem Boden.

„Mein Vater sagt immer, in diesen Zeiten muss man höllisch aufpassen, sonst erwischt einen noch ’ne Bombe.“ Der Hinweis erzielte die gewünschte Reaktion. Sofort ging der Mann, der für die Sicherheit im Foyer zuständig war, auf den Rucksack zu. Nachdem er ihn einmal vorsichtig umkreist und festgestellt hatte, dass er keinem der umstehenden Besucher gehörte, verschwand er hinter einer Tür. Wenige Minuten später hörte Edwina eine durchdringende weibliche Stimme aus der Lautsprecheranlage:

„Achtung, Achtung! Eine wichtige Mitteilung. Uns liegt eine Sicherheitswarnung vor. Wir bitten alle Besucher, das Gebäude umgehend zu verlassen. Es wurde ein verdächtiges Gepäckstück ohne Besitzer gefunden. Ein Entschärfungs Kommando ist unterwegs. Ich wiederhole: Bitte verlassen Sie das Gebäude.“

Augenblicklich füllte sich die Eingangshalle. Aus allen Richtungen kamen die Leute angelaufen und pressten sich durch die großen Glastüren ins Freie. Genau so einen Tumult hatte Edwina sich gewünscht. Ohne, dass irgendjemand von ihr Notiz nahm, lief sie in die entgegengesetzte Richtung zur Tür der geschlossenen Abteilung. Schnell öffnete sie die Tür und schlüpfte unbemerkt hinein.

Den Zettel mit der Signatur in der Hand eilte Edwina an den Bücherwänden entlang. Wo stand das Buch mit der Signatur ZG79-69? Sie wusste, dass sie nur wenige Minuten Zeit hatte, um es zu finden. Aus der Ferne drang das Geheul einer Polizeisirene an ihr Ohr. Edwina war schon dreimal durch den Gang mit den Z-Signaturen geeilt, als sie bemerkte, dass es sich bei dem gesuchten Dokument gar nicht um ein Buch, sondern um mehrere Ordner handelte. Und die standen an der Stirnseite des Raumes. Hastig griff sie die Nummer mit dem Jahrgang 1945. „Flakturm Zoo“ stand in alten verblichenen Buchstaben auf dem Deckel. Edwina fing an zu blättern. Die Nazis waren wirklich unfassbare Bürokraten gewesen. Seite für Seite hatten die Beamten die Ein- und Ausgänge der gelagerten Objekte notiert. So ein Flakturm konnte anscheinend riesige Mengen fassen, denn die Liste der Eingänge war schier endlos. Um Zeit zu sparen, nahm sich Edwina die kürzere Ausgangsliste vor und arbeitete sich mit dem Zeigefinger durch die Spalten.

Bei dem Datum 17. Januar 1945 wurde sie fündig, in steil geschriebenen Buchstaben stand dort der gesuchte Eintrag: Sammlung Schliemann, Kiste MVF1 A 5817 – A 5966. MVF musste für Museum für Vor- und Frühgeschichte stehen. Und die Zahlen waren die Inventarnummern der Objekte. In der Spalte „Ausgehändigt an“ las Edwina einen Namen, der sie schlucken ließ: Karl Schimmelpfennig, Antikensammlung, Abteilung Restauration.

Karl Schimmelpfennig, der Karl Schimmelpfennig aus dem Versteck in Clärchens Ballhaus? Das war doch Florians Vater. Edwina las noch einmal den Eintrag der Ausgangsliste. Eindeutig: Karl Schimmelpfennig war offenbar Mitarbeiter der Antikensammlung gewesen und hatte den Schatz im Januar 1945 ganz offiziell aus dem Flakturm ausgeliehen.

Schnell suchte sie nach einem korrespondierenden Eintrag in der Eingangsliste. Da, 19 Tage später, am 5. Februar 1945, war die Kiste wieder in den Flakturm eingeliefert worden. Nur diesmal stammte die Unterschrift des Überbringers nicht von Karl Schimmelpfennig, sondern von einem kurzen, mit L beginnenden Namen, den Edwina nicht entziffern konnte. Was war während dieser 19 Tage passiert? Warum hatte Florians Vater den Schatz ausgeliehen? Sicher nicht, um die drei Jungs damit Priamos spielen zu lassen. Wollte er den Schatz vor den heranrahenden russischen Truppen retten? Und war der Schatz des Priamos dann später doch von einer anderen Person in den Flakturm zurückgebracht worden?

In Edwinas Kopf überschlugen sich die Gedanken. Da hörte sie laute Stimmen aus Richtung der Haupthalle. Offensichtlich waren die Bombenentschärfer eingetroffen. Schnell fotografierte Edwina mit ihrer Handykamera die Einträge im Flakturm-Ordner. Sie verstaute ihr Handy und lief an den Regalen entlang zurück. Vorsichtig öffnete sie die Tür zum Foyer. Kleine Ursache, große Wirkung, dachte Edwina, als sie den Haufen Polizisten und Sicherheitsbeamten sah, die in sicherer Entfernung um ihren Rucksack herumstanden.

Ein kleiner Roboter rollte gerade auf das verdächtige Objekt zu. Wehmütig schaute Edwina ihren schönen grünen Rucksack an. Nein, den wollte sie nicht der Berliner Polizei überlassen. Noch einmal setzte sie ihre bewährte zuckersüße Unschuldsmiene auf. „Da ist ja mein Rucksack“, rief sie überglücklich, während sie auf das Entschärfungskommando zuging. „Ich habe ihn schon überall gesucht.“ Sie griff danach, schwang ihn sich über die Schulter, lächelte die verdutzten Männer in den Sicherheitswesten an und sagte: „Danke, dass Sie darauf aufgepasst haben.“

Schneller als der Blitz war Edwina aus der Bibliothek verschwunden. Die Aktion war vielleicht ein bisschen übertrieben, dachte sie. Aber sehr erfolgreich.

**1946**

100 Millionen Tonnen Schutt müssen beseitigt werden. Überall in der Stadt werden Trümmerberge aufgeschüttet, der größte ist der 115 Meter hohe Teufelsberg.

9. Kapitel

# Hüter des Schatzes

*Clärchens Ballhaus, März 1948*

„Parole!", schallte es Flo entgegen, als er sich durch den versteckten Eingang schob und den Spiegelsaal betrat. „Mann, Kroko, wer soll es schon sein, der Kaiser von China, oder was?" Statt einer Antwort hörte er nur einen zweiten scharfen Ruf: „Parole!". Flo seufzte innerlich, gegen die Prinzipientreue seines Freundes hatte er keine Chance. „Agamemnon", rief er ordnungsgemäß zurück. Als sich seine Augen langsam an das Dunkel gewöhnt hatten, ging er durch den großen Saal auf die Empore zu. Hier saß Kroko im schwachen Licht, das durch den Ritz eines vor langer Zeit abgedunkelten Fensters hineinschien.

Es war März 1948. Drei Jahre waren seit Ende des Krieges vergangen. Drei Jahre, in denen sich das Leben der drei Jungen komplett verändert hatte. Die Freunde trafen sich jetzt nur noch selten an dem Ort, der ihnen so lange als Versteck gedient hatte. Während der letzten Kriegstage hatten sie viele Wochen hier verbracht. Tage und Nächte, während deren die Maschinengewehrsalven und Granaten der sowjetischen Truppen auf Berlin niedergeprasselt waren und sie die Stadt, vom Osten kommend, Straße um Straße erobertet hatten, um dann schlussendlich den Reichstag und das Führerhauptquartier einzunehmen. Und dann war der sinnlose, für Deutschland längst verlorene Krieg endlich zu Ende. Während draußen die Welt in Trümmern versank, war der Spiegelsaal der einzige Ort, an dem sich die Kinder halbwegs sicher fühlten.

Während dieser dunklen Wochen verwahrten die Kinder den Schatz sicher unter dem Holzfußboden der Empore. Erst später, als sie nicht mehr um ihr Leben bangen mussten, hatten sie ihn herausgeholt und vor sich ausgebreitet. Dann ließen sie ihrer Fantasie freien Lauf. Sie stellten sich vor, wie der Goldschmuck einst am Hofe des Priamos von wunderschönen Frauen getragen wurde und wie die Krieger nach gewonnenen Schlachten den goldenen Pokal mit einem Siegestrunk kreisen ließen. Florian wusste, dass sie den wertvollsten Teil der von Schliemann in Troja ausgegrabenen Gegenstände besaßen. Für seinen Vater waren diese Objekte sogar die wichtigsten Exponate der gesamten Berliner Antikensammlung gewesen. Jetzt erzählte Florian seinen Freunden von den Theorien, die sein Vater über die Verwendung der goldenen Gegenstände am Hof des Priamos entwickelt hatte. Jeder Teil des Schatzes nahm dabei eine wichtige Rolle im rituellen Leben des alten Troja ein.

Obwohl die drei Freunde lange darüber nachgegrübelt hatten, wussten sie immer noch keine Antwort auf die Frage, warum Florians Vater ihnen überhaupt den waghalsigen Auftrag gegeben hatte, die Kiste aus dem Reichsluftfahrtministerium zu holen. Kunstgegenstände aus einer öffentlichen Sammlung zu stehlen, wiedersprach ganz und gar Karl Schimmelpfennigs Art. Aber in dem kurzen Brief an Florian hatte er ja auch von Rettung gesprochen. Vor wem wollte er den Schatz des Priamos retten? Vor den Nazis? Oder vor den anrückenden Alliierten? Tatsächlich waren viele Kunstwerke nach Kriegsende nicht mehr aufgetaucht. Sie galten als verschollen. Obwohl man wusste, dass ein Teil vor Ende des Krieges von Nazigrößen versteckt und ein anderer Teil nach Ende des Krieges von den Siegermächten klammheimlich außer Landes gebracht worden war. Immer wieder gingen die drei Freunde den Brief des Vaters durch. *Schweige. Hüte. Suche.* Genau das hatten sie getan. *Vollende, was ich begonnen habe und meine Taten werden wieder rein.* Was konnte Florians Vater nur damit gemeint haben? Welcher Taten hatte er sich schuldig gemacht? *Wisse, der Schatz ist größer, als er erscheint.* Unzählige Male hatten sie die ganze Kiste nach versteckten weiteren Hinweisen, einer Karte oder einem Zettel durchsucht. Aber vergebens. Nichts konnte diese Andeutung erklären. *Das Auffällige ist manchmal das Unauffällige. Blicke in den Kelch der Weisheit, dann wird dir die Ilias ein zweites Mal den Weg weisen.* Was war das Geheimnis, das hinter diesen rätselhaften Versen steckte? Die Ilias wird ein zweites Mal den Weg weisen, aber wohin? Sie wussten, dass die Ilias dem Archäologen Heinrich Schliemann damals den Weg gewiesen hatte, er war den direkten Beschreibungen des homerischen Epos gefolgt und hatte daraufhin wirklich die historische Stadt Troja entdeckt. Aber wohin sollte sie die Kinder führen?

Florian, Booster und Kroko wussten, dass Karl Schimmelpfennig es liebte, in homerischen Versformen und Rätseln zu sprechen. Früher hatten sie das immer sehr lustig gefunden, und es hatte ihnen Spaß gemacht, seine kryptischen Sätze wie Kreuzworträtsel zu lösen. Doch je länger sie sich mit dem Brief beschäftigten, umso klarer wurde ihnen, dass es sich hier nicht um ein Spiel handelte. Für Florian stand fest, dass sein Vater in höchster Gefahr gewesen sein musste, als er die Zeilen eilig auf eine Seite der Ilias gekritzelt hatte. Bestimmt hatte er Angst gehabt, die Nachricht könnte jemandem Falschen in die Hände fallen, und hatte sie deshalb auf eine Art und Weise verschlüsselt, die nur ihm Nahestehende zu deuten möglich war. Dass er die Zeilen bis heute nicht entschlüsseln konnte, zermürbte Florian zusätzlich zu der Sorge um den Vater.

Vergeblich hatte Florian versucht, zu erfahren, was seinem Vater zugestoßen sein mochte. Als Karl Schimmelpfennig vier Wochen nach Kriegsende noch immer nicht aufgetaucht war, hatte Florians Tante den abgemagerten kleinen Jungen zu sich in den Prenzlauer Berg geholt. Ihre Wohnung war zwar auch zerbombt worden, aber sie war bei einer alleinstehenden Nachbarin untergekommen. In der Nähe des Kollwitzplatzes besuchte Florian dann das Heinrich Schliemann Gymnasium.

Berlin war jetzt den Siegermächten unterstellt. Das waren die Sowjetunion, Amerika, England und Frankreich. Sie hatten ganz Deutschland und auch die Hauptstadt Berlin in vier Besatzungszonen aufgeteilt, kurz Zonen oder Sektoren genannt. Seitdem die Stadtkommandanten der alliierten Siegermächte in Berlin das Sagen hatten, kam das Leben langsam wieder in Gang. In einigen Teilen gab es schon nach wenigen Wochen wieder Strom, Gas und Wasser. Berge von Trümmern mussten geräumt werden. Unter Leitung der alliierten Truppen packten die Berliner tatkräftig an. Auch das Haus, in dem Kroko wohnte, war bei einem der letzten Bombenangriffe getroffen worden und ausgebrannt. Seine Familie hatte eine notdürftige Bleibe im Stadtteil Schöneberg in der amerikanischen Zone gefunden. Dort besuchte Kroko jetzt ein humanistisches Gymnasium und büffelte mit Hingabe Griechisch und Latein. Die Nachmittage verbrachte er damit, in den umliegenden Schrebergärten Gemüse und Obst für seine Familie zu organisieren.

Bist ja heute überpünktlich", sagte Florian, während er sich neben seinen Freund auf das zerschlissene Sofa plumpsen ließ. „Ich sitz schon seit 'ner halben Stunde hier", sagte Kroko stolz, „bin zur Feier des Tages mit der S-Bahn gefahren." Florian klopfte ihm anerkennend auf die Schulter. Auf den Tag genau waren drei Jahre vergangen, seit die drei Freunde die Kiste mit dem Schatz aus dem Reichsluftfahrtministerium geholt hatten. Ehrensache, dass sie sich an einem Tag wie diesem im Schloss des Priamos versammelten.

## 1948

In den West-Sektoren wird die D-Mark als Währung eingeführt. Sowjetische Truppen blockieren daraufhin die Zugangswege nach West-Berlin. Amerikaner richten eine Luftbrücke ein und versorgen die eingeschlossene Stadt über ein Jahr lang mit Lebensmitteln, Kohlen und Benzin.

„Dann fehlt ja nur noch Booster", meinte Flo. „Bei dem weiß man ja nie", bemerkte Kroko spitz. Florian sagte beschwichtigend: „Ach lass mal, der kommt bestimmt noch", und da hörten sie auch schon ein lautes Fluchen, ein Zeichen dafür, dass Booster sich gerade durch den für ihn mittlerweile etwas engen Spalt des geheimen Zugangs zu ihrem Versteck zwängte. „Parole!", rief Kroko. „Dauerwurst!", rief Booster zurück und kam, eine prachtvolle, dicke, glänzende Wurst schwenkend, auf die Empore zu. „So was gibt's wieder?", fragte Flo, der sich nicht mehr erinnern konnte, wann er zuletzt eine so schöne große Wurst gesehen hatte. „Wo hast du die denn her?", fragte Kroko. Eine Frage, die vollkommen überflüssig war, denn jeder wusste, dass Booster Mittel und Wege kannte, auch in mageren Zeiten wie diesen an Schokolade, Kaffee, Zigaretten und sogar an die begehrten Corned-Beef- und Kochkäse-Dosen der amerikanischen Truppenversorgung zu kommen.

„Kennst mich doch", antwortete Booster, während er das Taschenmesser aus der Hose zog und anfing, dicke Scheiben von der köstlich duftenden Wurst zu schneiden, die er in der Runde verteilte. Minutenlang saßen die drei einfach nur glücklich kauend da. Als der letzte Zipfel vertilgt war, ergriff Kroko das Wort. Wie immer gab er dem ganzen einen leicht übertrieben würdevollen Anstrich.

„Liebe Freunde und Hüter des Schatzes! Zum dritten Male jährt sich der Tag, an dem wir uns auf eine gefährliche Mission begaben, den Schatz des Priamos in einer heroischen Tat hierher brachten und feierlich schworen, auf ewig seine Hüter zu sein. Heute sind wir zusammengekommen, um diesen Schwur zu erneuern." Kroko zog ein Tuch zur Seite, unter dem die dunkel glänzende Mahagonikiste zum Vorschein kam. Er hatte sie schon vorher aus dem Versteck unter dem Holzfußboden hervorgeholt. Mit ernster Miene gab er Florian ein Zeichen, jetzt die Kiste zu öffnen. Florian schob den kleinen Metallriegel zur Seite und legte den Deckel nach hinten. Dann hob er nach und nach die mit Samt bezogenen gepolsterten Holzeinlagen heraus, auf denen die Teile des Schatzes lagen. Er breitete sie in einem großen Kreis um die Kiste aus.

Eine andächtige Stille trat ein, wie beim ersten Mal, als die drei Freunde den Schatz des Priamos vor sich liegen sahen. Ein paar Minuten standen sie schweigend da und betrachteten die im schwachen Licht funkelnden Gefäße und Schmuckstücke. Kroko warf Florian einen Blick zu. Dieser schluckte und nickte. Dann setzte Kroko an und bemühte sich um einen besonders feierlichen Ton. „Wir, die Hüter des Schatzes, schwören ihn zu schützen und zu bewahren, bis wir sein Geheimnis aufgeklärt haben." Er machte eine Pause und setzte dann hinzu: „Bei meiner Ehre und meinem Leben. Ich schwöre." Dann hörte man Florians Stimme: „Bei meiner Ehre und meinem Leben. Ich schwöre." Nun hätte eigentlich Boosters sonore Stimme folgen müssen, aber man hörte nichts. Kroko und Florian blickten zu Booster hinüber, der seinen Einsatz verpasst zu haben schien.

Er hatte zwar die Hand kurz gehoben, sie dann aber langsam wieder sinken lassen, ein gequälter Ausdruck huschte über sein Gesicht. „Kein Problem, Freunde, ich schwör ja auch gleich, aber vorher wollte ich noch 'nen kleinen Vorschlag machen." Er versuchte gewinnend zu lächeln. Kroko und Florian schauten ihn misstrauisch an. Kroko hatte eine vage Vorahnung von dem, was jetzt kommen würde. Booster hatte bei ihm schon öfter solche Vorstöße gemacht. Booster schaute zu Flo hinüber: „Florian, es sind jetzt drei Jahre vergangen. So leid es mir tut, ich finde es ist Zeit, ehrlich zu sein. Ich glaube nicht, dass dein Vater wiederkommen wird."

Als Flo schwieg, fuhr Booster fort: „Wir haben den Schatz nicht angerührt und haben keiner Sterbensseele etwas verraten, wie dein alter Herr es wollte, aber wie lange soll das noch so weitergehen?" Er blickte fragend in die Runde. „Leute, Dauerwurst könnte es für uns jeden Tag geben. Kaffee, Schokolade und Zigaretten dazu." Dein Vater dachte, dass er nach wenigen Tagen wieder zurückkehren würde, so hat er es in dem Brief geschrieben. Aber irgendwas ist da schiefgelaufen. Wer weiß, was er mit dem Schatz vorhatte. Sein Plan ist jedenfalls nicht aufgegangen und jetzt müssen wir die Entscheidungen treffen, und warum nicht heute damit beginnen?" Er griff nach ein paar geschwungenen Goldringen, die vor ihm lagen. „Wir müssen ja nicht alles auf einmal verhökern." Kurz prüfte er das Gewicht der Ringe in seiner Hand: „Das sind gut 30 Gramm puren Goldes, dafür könnten wir das ganze nächste Jahr fürstlich leben." Er machte eine ausschweifende Handbewegung über den Schatz hinweg: „Und das alles zusammen sind sicher ein bis zwei Kilobarren. Ich habe Kontakte zur Kommandantur der britischen Zone, da würde ich" – Booster schnippt mit den Fingern – „so eine Konzession für eine Autowerkstatt bekommen. Das Einzige, was noch fehlt, ist ein bisschen Einstiegskapital." Während er das sagte, schaute er vieldeutig auf den Schatz. Mit gewinnendem Ton fuhr er fort: „Autohandel mit Werkstatt und Parkhaus, 'ne ganz große Sache, das Ding der Zukunft, ich zieh das für uns durch. Nächstes Jahr fahren wir im Straßenkreuzer über den Kudamm."

Vor Begeisterung strahlend lächelte er seine Freunde an, doch der Funken schien nicht überspringen zu wollen. Im Gegenteil, Flo war wie versteinert. Er hatte die Hand immer noch zum Schwur gehoben, ließ sie jetzt langsam sinken und fragte verständnislos: „Booster, wovon redest du da?" Kroko gab im Klartext die Antwort: „Er will den Schatz des Priamos, ein bedeutungsvolles Kulturgut, einen der wertvollsten archäologischen Funde der Neuzeit, verscherbeln. Stück für Stück oder alles auf einmal, bei Schmidts auf dem Schwarzmarkt hinterm Bahnhof Zoo auf die Goldwaage legen." Booster erwiderte: „Warum denn nicht, haben wir doch mit der Goldmünze von Flos Vater auch gemacht." „Die Münze war was anderes, die kam frisch geprägt aus der ungarischen Staatsbank, aber hier geht es um einen unwiederbringlichen Schatz der Menschheit."

Booster wurde etwas kleinlaut: „War ja nur so ne Idee. Schmidt würde mir ´nen guten Preis geben, aber ich kann auch ein bisschen rumfragen. Mein Bruder dreht seine Dinger immer mit'nem Kunsthändler in Zürich, kann sein, dass der sich auch für so was interessiert."

Florian war kreideweiß geworden. Kroko schaute Booster mit funkelnden Augen an. „Prima, dann verschwindet der Schatz Stück für Stück in den Panzerschränken von irgendwelchen Sammlern und wird nie wieder als Ganzes in einem Museum für alle Menschen zu sehen sein." Booster erwiderte gelassen: „Wird's doch auch so nicht, wenn das Zeug hier unter den Dielen vermodert." Kroko blickte zu Florian hinüber, der immer noch nichts sagte. „Der Schatz ist uns von Florians Vater anvertraut worden. Wir haben geschworen, ihn zu hüten. Was immer damit geschehen soll, muss Florian entscheiden."

Zwei Augenpaare waren auf Florian gerichtet. Er wirkte jetzt plötzlich wieder sehr klein und kindlich zwischen den beiden älteren großen Freunden. Bisher hatten sie ihm bedingungslos zur Seite gestanden, und Florian hatte gehofft, dass es immer so bleiben würde. Tief im Inneren spürte er, dass Booster zumindest in einem recht hatte: Sein Vater würde nicht wiederkommen. Vielleicht war er schon vor Kriegsende getötet worden? Nächtelang hatte sich Florian den Kopf zermartert und versucht herauszufinden, was sein Vater vorgehabt haben könnte. Ihm war klar, sein Vater hatte ihm, seinem Sohn, eine Aufgabe übertragen: Schweige. Hüte. Suche. Und egal was passieren würde, er musste diesen letzten Wunsch seines Vaters befolgen.

Langsam und sorgfältig rückte Florian die Amulette und Ringe auf den Samttabletts zurecht, bevor er sie übereinander in der Kiste stapelte. Eine beklemmende Atmosphäre machte sich zwischen den dreien breit. Booster räusperte sich verlegen. Er hatte sich die Resonanz auf seinen Vorschlag irgendwie anders vorgestellt. Die Situation war ihm jetzt sehr unangenehm, und in solchen Fällen gab es für ihn nur eins: verschwinden. „Mann, Jungs, ist ja schon spät, hab noch was vor, ihr wisst ja…". „Geschäfte", ergänzte Kroko süffisant. „Muss meinen Brüdern noch bei 'nem Besuch inner Villa in Zehlendorf helfen." Mit so einer Bemerkung hätte Booster normalerweise immer die Lacher der Freunde auf seiner Seite gehabt. Heute Abend war das anders. „Aber die Ringe lässt du bitte da", sagte Florian jetzt in einem Ton, der so kalt und bestimmt war, dass Kroko ihn ungläubig anschaute. Grinsend zog Booster die Ringe aus der Tasche. „Oh, dumme Gewohnheit", murmelte er und legte die kostbaren Schmuckstücke auf das oberste Tablett in der Kiste. „Muss jetzt los, man sieht sich", sagte er, während er schnell im Dunkeln in Richtung Ausgang verschwand.

Kroko wartete, bis Booster wirklich verschwunden war, und wandte sich dann mitfühlend Florian zu. „Tut mir leid, aber wir können von Glück sagen, dass Booster sich nicht schon längst alleine am Schatz bedient hat. Zuzutrauen wär's ihm." Flo nickte schweigend. Kroko ging auf ihn zu und legte ihm die Hand auf die Schulter. „Flo, du weißt, du kannst immer auf mich vertrauen, und ich würde bei so einer Sache nie mitmachen. Aber mal im Ernst, Kleiner. Wir können hier nicht ewig auf dieser Kiste hocken und warten, dass dein Vater eines Tages doch noch wiederkommt. Ich weißt, du fühlst dich gebunden. Aber wir haben doch alles versucht, um herauszufinden, was er mit seiner Botschaft gemeint haben könnte." Kroko nahm jetzt seinen ganzen Mut zusammen und sagte leise: „Du glaubst doch auch nicht mehr daran."

Florian antwortete nicht, und Kroko ergriff die Chance und setzte nach. „Was wäre, wenn wir die Kiste dem Museum übergeben würden? Der Schatz muss doch wieder in die Öffentlichkeit, Florian. Er gehörte weder deinem Vater noch uns, und wir haben kein Recht, ihn hier zu verstecken." Florian hob den Kopf, er war den Tränen nahe, schluckte sie jedoch tapfer hinunter und sagte leise: „Du hast ja recht, Kroko. Ich werde darüber nachdenken. Aber jetzt geh lieber." Er schaute seinen Freund traurig an. „Ich möchte dich nicht auch noch wegen dieses Schatzes verlieren." Kroko nickte. Er umarmte Florian und schritt dann langsam die Treppenstufen der Empore hinunter. Auf halbem Weg drehte er sich noch einmal um und sah in Florians trauriges Gesicht. Dann ging er schnell durch den Saal auf den Ausgang zu.

Als Florian sich sicher war, dass er allein ist, machte er sich an die Arbeit. Er legte die letzten Tabletts in die Truhe und schloss den Riegel. Dann holte er die alte Holzkiste, in der sie den Schatz geborgen hatten, aus einer Ecke hervor. Sie war noch mit Holzwolle ausgelegt. Er stellte die Truhe vorsichtig hinein, bedeckte sie mit einer Hand voll Stroh aus dem alten Sofa und nagelte den Deckel wieder zu. Mit etwas Mühe würde er die schwere Kiste schon in den Hof runtertragen können. Dort stand ein kleiner Leiterwagen, auf den konnte er sie verladen und zum Sophien-Friedhof hinter der Bernauer Straße ziehen. Flo hatte einen Entschluss gefasst. Auch wenn seine Freunde recht haben mochten, er hatte nicht die Freiheit, sich für den einen oder den anderen Weg zu entscheiden. Sein Vater hatte ihm den

Schatz anvertraut. In der Gruft der Familie seiner Mutter würde er sicher sein.

Wie sicher der Schatz dort 40 Jahre ruhen würde, ahnte Florian nicht, als er die Kiste hinter den großen steinernen Sarkophag seines Urgroßvaters schob, ein paar lose Platten davorstellte und das Eisengitter der Gruft verschloss.

10. Kapitel

# Das Gold von Troja

Von der Staatsbibliothek hatte Edwina Kurs auf die Philharmonie genommen und war dann in den Tiergaren gelaufen. Zwischen hohen Bäumen ging sie jetzt auf einem breiten Weg in Richtung Brandenburger Tor. Die frische, erdige Luft und das sanfte Licht, das durch die hohen Baumkronen fiel, taten Edwina gut. Nach zehn Minuten hatte sie den Adrenalinschub, den ihr die Aktion in der Staatsbibliothek versetzt hatte, verdaut. Während sie ihre Schritte verlangsamte, ließ sie ihren Blick über den im englischen Stil angelegten Park schweifen. Baumgruppen wechselten sich mit Wiesen ab, hier und da gab es ein kleines Gewässer und immer wieder wurde ihr Blick von einer Statue oder einem Denkmal angezogen.

Ihr Referatstermin in der Staatsbibliothek war wirklich ein voller Erfolg gewesen. Auf Bücher war eben Verlass: In knapp einer Stunde hatte sie mehr über den Schatz und seine Geschichte erfahren, als sie sich hätte träumen lassen. Sie wusste jetzt nicht nur, dass der Schatz im Februar 1945 tatsächlich aus der Antikensammlung im Martin-Gropius-Bau in den Flakturm Zoo ausgelagert worden war, sondern hatte die Ein- und Ausgangslisten selbst in Händen gehalten. Karl Schimmelpfennig hatte den Schatz des Priamos am 17. Januar 1945 aus dem Flakturm entliehen. Warum? Das war die Frage, um die sich in Edwinas Kopf alles drehte. Warum hatte er diese kostbaren Gegenstände aus ihrem sicheren Aufbewahrungsort entliehen? Auch wenn Karl Schimmelpfennig – wie die ergänzende Bemerkung auf der Ausgangsliste zeigte – Mitarbeiter der Antikensammlung gewesen war, musste er doch einen triftigen Grund für diese Ausleihe gehabt haben. Aber welchen? Edwina hatte keine Ahnung. Außer seinem Namen wusste Edwina nichts über diesen Karl Schimmelpfennig und sie hatte nicht den Hauch einer Idee, was seine Beweggründe gewesen sein könnten, den Schatz für über zwei Wochen aus dem bombensicheren Ort zu holen, an dem er eingelagert war. Hatte er damals wirklich im Dienste der Antikensammlung gehandelt oder vielleicht eigene Pläne verfolgt? Und was war in diesen zwei Wochen mit dem Schatz geschehen?

Edwina lief an einem kleinen See vorbei und auf die Statue eines Löwenpaares zu. Richtig, das hier war ja der Tiergarten, auch wenn es keine Rehe und Hirsche mehr gab, aber in dem einstigen Jagdrevier des Kurfürsten von Brandenburg sollte man zumindest durch das ein oder andere Bronzekunstwerk daran erinnert werden.

Kurz hinter dem Löwendenkmal sah sie schon das Brandenburger Tor. Edwina ging durch einen der Bögen des berühmten Berliner Wahrzeichens hindurch und überquerte den Pariser Platz. Der rechteckige Platz war nach dem Fall der Mauer wieder aufgebaut worden. Jetzt war er wieder von eleganten, schlichten Bauten umgeben. Links lag die französische Botschaft, rechts an der Ecke das im neuen Glanz erstrahlende „Hotel Adlon“ und daneben das moderne Gebäude der Akademie der Künste. Auf dem Platz gab es alles, was sich das Touristenherz nur wünschen konnte. Pferdedroschken, die auf eine Fuhre Berlinbesucher warteten, reihten sich hintereinander. Davor saßen einige Porträtzeichner und zwei junge Männer, die sich als sowjetische und amerikanische Soldaten verkleidet hatten und sich als Fotomotiv anboten. Auch ein als Yoda verkleideter chinesischer Student bot sich für Erinnerungsfotos an. Edwina beobachtete das bunte Treiben und konnte es gar nicht in Einklang bringen mit den Film- und Fernsehbildern vom Brandenburger Tor, die sie in ihrem Kopf hatte. Vor ihrem inneren Auge sah sie den düsteren Fackelzug dunkel gekleideter SA-Männer, die nach Hitlers Machtergreifung 1933 durch das Brandenburger Tor marschiert waren. Dann die Situation nach Ende des Krieges, während der Teilung Berlins, als die Mauer direkt hinter dem Brandenburger Tor stand. Das Tor selbst befand sich zwar auf der Ostseite, konnte aber von den

Bürgern Ost-Berlins nicht besucht werden, da es sich im streng abgesicherten Grenzstreifen befand. Es wurde zum Symbol der Teilung wie die Mauer selbst. Kein Wunder, dass dieser Ort auf der Sehenswürdigkeitenliste jedes Berlin-Touristen ganz oben stand.

Während Edwina den großen Platz überquerte, wanderten ihre Gedanken zurück zu dem Pokal, den sie mittlerweile wieder in ihrem Rucksack verstaut hatte. Genau diesen Pokal hatte sie in dem Bildband über die Sammlung des Puschkin-Museums gesehen. Das hieß, dass es mindestens zwei Pokale geben musste. Den einen schleppte Edwina in genau diesem Augenblick die Straße Unter den Linden entlang, der andere stand in einer Vitrine des Puschkin-Museums in Moskau. Die Fußgängerampel an der Ecke Unter den Linden/Friedrichstraße war auf Rot gesprungen und Edwina musste warten. Ungeduldig schaute sie auf die gegenüberliegende Straßenseite. Da lächelten ihr von einem Plakat Angela Merkel, Barack Obama und die englische Königin entgegen. Das Plakat klebte an einer der Litfaßsäulen und warb für einen Besuch von Madame Tussauds Wachsfigurenkabinett. Die Ampel sprang auf Grün. Während die anderen Passanten zügig weitergingen blieb Edwina vor dem Plakat mit den Doppelgängern aus Wachs stehen. Natürlich, das war die Lösung. Ein täuschend ähnliches Duplikat, eine Kopie! Einer der beiden Pokale war nicht echt. Ganz einfach. Wenn es den gleichen Gegenstand zweimal gab, konnte er auch gleichzeitig an zwei verschiedenen Orten sein. Sofern niemand dahinterkam. Original und Fälschung.

*1950*

Die Imbissverkäuferin Herta Heuwer vermischt in Berlin-Charlottenburg Tomatenmark mit zwölf indischen Gewürzen und erfindet die Currywurst.

Konnte das auch die Antwort auf die Frage sein, was in den 14 Tagen passiert war, als der Schatz aus dem Flakturm ausgeliehen worden war? Hatte Florian Schimmelpfennig den Schatz des Priamos vielleicht ausgeliehen, um eine Kopie anfertigen zu lassen? Und was war dann mit dem Original und der Kopie des Schatzes passiert?

Wenn es zwei Pokale gab, dann gab es vielleicht auch den ganzen Schatz zweimal. Edwina erinnerte sich an Florians Arbeitszimmer. Das hatte wirklich nach einer groß angelegten Suchaktion ausgesehen. Vielleicht war Florian auf der Suche nach dem Rest des Schatzes. Und nicht nur er.

Der Pokal musste der Schlüssel zu dem Geheimnis sein. Blicke tief in den Kelch der Weisheit, so hatte es in dem Vers auf der ersten Seite des Heftes der Schatzhüter geheißen. Damit konnte vielleicht der Pokal gemeint gewesen sein. Enthielt er irgendeinen Hinweis? Und war dieser Hinweis nur auf dem Original zu erkennen? Gerne hätte sie den Pokal jetzt noch einmal hervorgeholt, um ihn auf Spuren abzusuchen. Doch hier zwischen all den Menschen, die die Straße Unter den Linden hinunter in Richtung Schlossbrücke stürmten, war dafür nicht der richtige Ort.

Edwina ging den breiten Boulevard weiter entlang am Hauptgebäude der Humboldt-Universität und vorbei an der Alten Wache. Hier reihte sich ein frisch restauriertes Gemäuer an das nächste; rechts stand die Staatsoper, links das Historische Museum und weiter vorne sah sie die Schlossbrücke, die über die Museumsinsel führte.

Museumsinsel? Richtig, der redselige Museumswärter im Martin-Gropius-Bau hatte doch erwähnt, dass es dort im Neuen Museum eine kleine Schliemann-Abteilung gab. Auch wenn der echte Schatz des Priamos nach dem Zweiten Weltkrieg nie wieder an seinen Platz in der Berliner Antikensammlung zurückgekehrt war, war ein Teil des frisch renovierten Neuen Museums dem Schatz des Priamos gewidmet. Edwina schaute auf die Uhr, es was kurz nach vier. Für die Referatsrecherchen hatte ihnen Bockelmeier bis zum Abend Zeit gegeben. Sie konnte also in Ruhe einen Blick in das Neue Museum werfen. Wer weiß, vielleicht würde sie dort einen Hinweis finden, der ihren Verdacht bestätigte, dass Florians Pokal der echte war.

Edwina bog links ab, lief am Ufer der Spree entlang und betrat wenige Minuten später die imposante Vorhalle des Neuen Museums. Die meisten Besucher zog es von hier aus direkt in die Ägyptische Sammlung und zur Hauptattraktion des Hauses, der weltberühmten Büste der ägyptischen Königin Nofretete. Edwina ging nach links und folgte den Hinweisschildern zur Antikensammlung, schon nach wenigen Schritten hatte sie den Touristenstrom hinter sich gelassen. Für Pfeilspitzen aus der Frühsteinzeit und zerbrochene Trinkgefäße der Bronzezeit schien sich kaum jemand zu interessieren. Umso besser, dachte Edwina, dann kann ich mich ja in aller Ruhe umsehen. Sie durchschritt einen langen Flur und betrat den Heinrich-Schliemann Saal. Der Raum war nicht besonders groß und enthielt ein Dutzend Vitrinen und einige Informationstafeln. Interessiert fing Edwina an, die Tafeln zu lesen. Ein studierter Archäologe war Schliemann nicht gewesen. Aber dafür ein Mensch, der sich von dem, was er sich einmal in den Kopf gesetzt hatte, nicht mehr abbringen ließ. Das kam Edwina sehr vertraut vor und war ihr durchaus sympathisch.

Schliemann war von der Idee, das antike Troja zu finden, geradezu besessen. Schon als kleiner Junge hatte er von der sagenumwobenen griechischen Stadt gelesen, in der Ilias von Homer, die das kleine Sprachgenie bereits mit zwölf Jahren im Original studierte. Schon wieder die Ilias, dachte Edwina. Hier auf der Informationstafel vor dem Schliemann-Saal war die Geschichte, die Edwina bereits in der Stabi recherchiert hatte, noch einmal genau beschrieben. Schliemann hatte den jahrhundertealten Text der Ilias nicht wie viele andere Archäologen als Märchen oder Sage abgetan, sondern wie einen Tatsachenbericht gelesen. Er war überzeugt von der Idee, dass Troja tatsächlich einmal existiert hatte und dass Homers Beschreibungen in der Ilias ihn genau zum Ort des einstigen Troja führen würden. Also durchsuchte er die Ilias nach dort beschriebenen Hügeln, Flüssen und anderen landschaftlichen Besonderheiten. Mehrere Jahrzehnte lang investierte er sein gesamtes Vermögen in Ausgrabungen auf dem Gebiet der heutigen Türkei. Nach drei groß angelegten vergeblichen Versuchen stieß er schließlich im April 1873 auf die Ruinen einer Stadt, die 2450 Jahre vor Christus einer

Brandkatastrophe zum Opfer gefallen war. Wenige Tage später fanden seine Helfer ein Kupfergefäß. Schliemann schickte sie fort, um alleine weiterzugraben, und entdeckte unter dem Gefäß sorgfältig gearbeiteten Schmuck und Gegenstände aus Gold. Der Schatz des Priamos.

Fast andächtig schritt Edwina auf die Vitrine zu, in der sich die wenigen verbliebenen Schliemann-Ausstellungsstücke befanden. Auch diese Exponate waren Kopien, sie waren, so las Edwina weiter, Abgüsse der Originale. Noch mehr Kopien! Woran erkannte man dann nur das Original? Sie beugte sich hinunter, um die Stücke aus der Nähe zu betrachten. Tatsächlich, dort sah sie auch ein weiteres exaktes Ebenbild von Florians Pokal. Auf den ersten Blick konnte sie keinen Unterschied erkennen, sie kniete sich hin, um die Details in Augenschein zu nehmen. Der Pokal von Florian schien ihr feiner gearbeitet, das Gold war matter und er hatte feine Kratzer und Gebrauchsspuren.

Da spürte sie plötzlich einen Luftzug und hörte ein schweres Atmen neben sich. Ruckartig drehte sie sich um und prallte mit dem Kopf gegen etwas Hartes. Panik überkam Edwina. War sie jetzt dran, erging es ihr jetzt wie Florian und wollte man sie des Pokals berauben? Reflexartig duckte sie sich nach unten, aber kein zweiter Schlag folgte, und sie wurde auch nicht zu Boden gerissen. Nach dem sie einige Sekunden vorsichtig abgewartet hatte, öffnete Edwina langsam die Augen. Erstaunt sah sie sich einem Jungen gegenüber, der sich ebenfalls mit schmerzverzehrtem Gesicht den Kopf rieb. Das sich noch jemand für ausgerechnet diese Ausstellungsstücke interessierte, schien Edwina sehr unwahrscheinlich zu sein. Der Junge musste sich sehr leise genähert und neben sie gestellt haben. Jetzt rieben sich beide ihre Beulen.

„Oh… es tut mir… furchtbar leid“, brachte der Junge verlegen stammelnd hervor. „Ich wollte nur wissen, was dich da so brennend interessiert“. Lächelnd setzte er hinzu: „Und etwas kurzsichtig bin ich auch.“ Während Edwina sich immer noch die rote Stelle an ihrer Stirn rieb, schaute sie ihn verständnislos an. „Und dafür musst du dich so anschleichen?“ „Angeschlichen habe ich mich nicht, ich hab sogar laut und deutlich Hallo gesagt, aber du warst ja so dermaßen in die Schliemänner vertieft." Er lachte, dabei kam ein abgebrochener Schneidezahn zum Vorschein. „Ich dachte schon, du holst gleich deine Schippe heraus und fängst an, nach weiteren Schätzen zu graben. Spätestens dann hätte ich einschreiten müssen." Er knallte die Hacken zusammen, streckte die Brust raus und räusperte sich: „Ich bin hier nämlich zurzeit Museumswärter. Wenn du Fragen hast, schieß los."

„Museumswärter?" Edwina prustete los. „Das wird ja immer besser." „Na ja, nur auf Zeit", erklärte der Junge, der nach Edwinas Schätzung ein bis zwei Jahre älter war als sie. „Ich mache hier gerade mein Schulpraktikum, die dritte Woche", dann kam ein tiefer Seufzer, „ziemlich langweilig hier in der Antiken-Sammlung, drüben bei den Ägyptern ist mehr los, aber da bin ich nicht zuständig."

Edwina schenkte ihm ein mitfühlendes Lächeln. „Fragen hätte ich schon, aber ich glaube nicht, dass du sie mir beantworten kannst." Der Junge schaute sie herausfordernd an: „Versuch's doch mal." Es blieb ihr nichts anderes übrig, als schnell zu improvisieren, aber das konnte sie. „Ich schreibe für unsere Schülerzeitung einen Artikel über Troja und soll herausfinden, für welche kultische Handlung die Trojaner vor 2600 Jahren diesen Pokal benutzt haben." Edwina zeigte auf die Vitrine. Der Junge schaute sie entgeistert an: „So etwas schreibst du für 'ne Schülerzeitung? Gäbe es da nicht was Aufregenderes?" Edwina verließ sich mal wieder ganz auf ihre schauspielerischen Fähigkeiten: „Wieso, das ist doch spannend", sagte sie im Ton tiefster Überzeugung. Der Junge war tatsächlich etwas verunsichert. „Also, über den kultischen Hintergrund genau dieses Teils hier weiß ich leider nichts." Er machte eine bedeutungsschwere Pause. „Aber ich kenne jemanden, der dir da weiterhelfen kann." „Ja?", fragte Edwina mit erwartungsvollem Blick. Der Junge nickte „Mein Großonkel ist nämlich Chefarchäologe der Antiken-Sammlung und Schliemann ist zufällig sein Spezialgebiet." Edwina schaute ihn durchdringend an. Nahm er sie jetzt auf die Schippe? „Wirklich, ehrlich, ich schwöre", erwiderte der Junge mit all seiner Überzeugungskraft. „Ich heiße übrigens Anton, wenn du mir nicht glaubst, komm mit, ich stelle ihn dir vor. Oder bist du schüchtern?" Mit diesen Worten drehte er

## 1953

DDR-Bürger gehen auf die Straße und protestieren gegen die schlechten Arbeits- und Lebensbedingungen. Am 17. Juni schlagen sowjetische Truppen mit 600 Panzern die Demonstrationen blutig nieder.

sich um und ging in Richtung eines seitlichen Treppenhauses, das wohl zu den Räumen der Verwaltung führte.

Während sie die Treppe zu den Mitarbeiter-Büros hinaufstiegen, setzte Anton den Vortrag über seinen Onkel fort. „Ich habe wirklich keine Ahnung, was die Trojaner mit diesen Kelchen gemacht haben, aber Großonkel Hans weiß das sicher, der war sogar schon im Puschkin-Museum in Moskau und hat das echte Gold von Troja gesehen." Er merkte nicht, wie Edwinas Schritte immer langsamer wurden, je höher sie die Treppe stiegen. Das ging jetzt selbst Edwina alles ein bisschen schnell. Äußerlich ruhig, aber innerlich in leichter Panik, versuchte sie sich auf die überraschende Situation vorzubereiten. Gleich würde sie einem Menschen gegenüberstehen, der sich vielleicht wie kein anderer mit dem Schatz des Priamos auskannte. Als Chefarchäologe konnte er ihr sicher sofort sagen, ob ihr Pokal echt war oder nicht. Aber war es klug, den Pokal einem wildfremden Mann zu zeigen? Sie dachte an das Versprechen, das sie Florian gegeben hatte. Wenn sie den Pokal hier im Museum zeigen würde, wäre sie ihn im nächsten Moment bestimmt los. Zu wissenschaftlichen Zwecken eingezogen, oder irgend so etwas in der Art, würde es dann heißen. Aber andererseits konnte sie sich diese Chance auch nicht entgehen lassen.

Anton hielt vor einer Tür, klopfte und trat hinein. Als Edwina zögerte, zog er sie einfach am Ärmel hinterher. Beide standen sie jetzt in einem geräumigen wissenschaftlichen Arbeitszimmer. Hinter einem Schreibtisch, der über und über mit Büchern und Unterlagen bedeckt war, saß ein alter Herr, er trug eine Fliege zum Anzug und war in ein Schriftstück vertieft. Sein Kopf war mit schlohweißen wirren Haaren bedeckt. Er schaute kurz über den Bücherstapel, sah seinen Großneffen, ließ die Augen wieder auf die Arbeit sinken und fragte knapp: „Willst du früher Feierabend machen?“ Anton nahm Edwinas Arm und zog sie mit sich vor den Schreibtisch. „Nein Onkel Hans, ich bin sozusagen dienstlich hier. Diese junge Dame hat sich an Vitrine 567 die Nase platt gedrückt und interessiert sich brennend für deine Schliemänner.“ Jetzt erst hob der Professor neugierig den Kopf und nahm auch die Anwesenheit von Edwina wahr. „Wirklich“, sagte er staunen, das kommt nicht oft vor bei jungen Damen in deinem Alter. Was kann ich für dich tun?“

Edwina versuchte, sich nicht anmerken zu lassen, dass in ihrem Inneren helle Aufregung herrschte. Mit der Schulzeitungsgeschichte konnte sie dem Professor nicht kommen. Sie spürte deutlich, dass sich hier eine Chance bot, die sie sich nicht entgehen lassen durfte. Original oder Fälschung? Wenn jemand ihr weiterhelfen konnte, dann dieser Professor. Aber wie sollte sie an die Information kommen? Das Versprechen, das sie Florian gegeben hatte, wollte sie auf keinen Fall brechen. Hilfe suchend schaute sie sich um. Ihr Blick fiel auf eine Farbtafel an der Wand, auf der alle Teile des Schliemann-Schatzes aufgeführt waren. Sie ging auf die Tafel zu. Da war er, der Pokal. Edwina dachte nicht lange nach, zeigte einfach auf ihn und sagte mit fester Stimme: „Ich interessiere mich für diesen Pokal.“ Der Professor trat von seinem Schreibtisch vor und auf die Farbtafel zu.

„So, so. Du interessierst dich also für den Kelch. Antikes trojanisches Trinkgefäß. Frühes zweites Jahrtausend. Entdeckt von Heinrich Schliemann im Frühjahr 1873." Er schaute noch einmal auf das Foto. „Den habe ich sogar schon einmal in Händen gehalten, vor gut 20 Jahren in Moskau." Er machte eine lange Pause, seine Erinnerungen schienen ihn weit fortzutragen. Anton räusperte sich, ein bewährtes Mittel, um seinen etwas zerstreuten Onkel wieder in die Realität zurückzurufen. „Ja, ja, ich weiß", sagte der Professor zu seinem Großneffen, „ich und meine alten Geschichten." Dann wandte er sich Edwina zu. „Haben wir uns überhaupt schon vorgestellt? Hans Schwab mein Name, mit wem habe ich das Vergnügen und warum interessiert sich ein junges Mädchen wie du für diesen altertümlichen Kram?"

Edwina blieb nichts anderes übrig, sie musste es mit der Wahrheit versuchen, zumindest mit einem kleinen Teil davon. „Ich heiße Edwina und ich kenne jemanden, der behauptet, eine Kopie dieses Pokals zu besitzen", sagte sie mit fester Stimme und schaute den Professor dabei direkt in die Augen. Auch wenn er es zu verbergen versuchte, meinte Edwina ein unterdrücktes Blinzeln in Hans Schwabs Augen bemerkt zu haben. Ein kurzes Aufflackern echten Interesses. Nein, sie täuschte sich nicht. Die Frage nach dem Pokal ließ den Mann nicht kalt. Er versuchte jedoch, sich nichts anmerken zu lassen, und antwortete betont gelassen: „Ja, so was kommt vor, auch wir haben einige Abgüsse in unserer Sammlung. Wie gesagt, die Originale befinden sich in Moskau."

„Verstehe", sagte Edwina, „es gibt also jede Menge solcher Kopien und mein Bekannter hat demnach nichts weiter als einen antik geformten, vergoldeten Zahnputzbecher, oder?" „Nicht unbedingt", erwiderte der Professor, während er Edwina sehr genau musterte, „solche Dinge haben oft einen versteckten Wert, den nur ein Fachmann erkennen kann." Schwab ging langsam zu seinem Schreibtisch, klappte seinen großen Terminkalender zu und sagte: „Weißt du was? Ich wollte heute ohnehin früher Feierabend machen." Er griff nach seinem Jackett, das über dem Schreibtischstuhl hing. „Wenn du willst, schau ich mir das Stück gerne an, wir können gleich hinfahren."

Hoppla, dachte Edwina, das ging jetzt aber wirklich ein bisschen plötzlich. Automatisch machte sie einen ausweichenden Schritt nach hinten. Mit Schwabs Tempo hatte sie nicht gerechnet, sie hatte auf einen kleinen Vortrag mit nützlichen Hinweisen zum Thema Kopien gehofft, um dann selbst zwischen Original und Fälschung unterscheiden zu können. Das Angebot des Professors brachte sie aus dem Konzept. Mit ihrer Frage nach dem Pokal schien sie bei ihm voll ins Schwarze getroffen zu haben. Sicher wusste er mehr darüber. Hatte er sie durchschaut und ahnte er, dass Edwina selbst im Besitz des fraglichen Pokals war? Sie nahm sich nicht die Zeit, eine Antwort auf diese Fragen zu finden. Ihr Instinkt sagte ihr, dass sie die kleine Fragestunde im Museum sofort beenden sollte.

„Ach, so wichtig ist das gar nicht“, sagte sie und versuchte, dabei ganz locker zu klingen. Sie wusste, dass sie sich schon ziemlich tief hineingeritten hatte. Elegant würde sie sich hier nicht mehr aus der Affäre ziehen können. Der Professor schaute sie erstaunt an. Hilfe suchend wanderte Edwinas Blick zu Anton, aber der schüttelte nur ungläubig den Kopf. Eine nette Geschichte hatte er sich da von dieser angeblichen Schülerzeitungsredakteurin auftischen lassen!

„Tut mir leid, dass ich Sie in Ihrer Arbeit unterbrochen habe“, stammelte Edwina, während sie langsam rückwärts ging. „Ich will Sie wirklich nicht länger belästigen, ich muss jetzt sowieso los.“

Um die gespielte Eile glaubwürdig zu machen, warf sie einen Blick auf ihre Armbanduhr und wollte sich gleichzeitig zur Tür umdrehen. Da geschah es. Sie verlor für einen kurzen Augenblick das Gleichgewicht, stolperte, und der Rucksack fiel ihr aus der Hand. Schwab machte zwei Schritte auf sie zu, um ihn aufzufangen. Doch kaum hielt er den Rucksack in seinen Händen, riss Edwina ihn auch schon hektisch an sich. Im gleichen Moment bereute sie das auch schon wieder. Jetzt würde der Professor erst recht misstrauisch werden.

Und wirklich, ihre unangebrachte Reaktion schien ihn auf eine Idee gebracht zu haben. „Moment mal, junges Fräulein“, sagte der Professor jetzt mit einem bestimmenden Ton in der Stimme. Doch da hatte Edwina schon die Tür aufgerissen. Beim Herauseilen stammelte sie nur noch: „Tut mir leid, bin wirklich schon spät dran, danke noch mal."

Drei Stufen auf einmal nehmend sauste sie die Treppen hinunter. Hauptsache weg, nur erst mal weg von hier. Sie landete auf dem untersten Treppenabsatz, lief einen langen Flur entlang und sauste durch das Museumsfoyer hinaus ins Freie. Fast wäre sie mit einem alten Mann mit dunklem Hut und schwarzen Ledermantel, der in Begleitung von zwei bedrohlich aussehenden Dobermännern auf den Museumseingang zuging, zusammengestoßen. Nur im letzten Moment konnte sie ausweichen. Dann bog sie nach rechts ab und lief am Spreeufer entlang. Den Rucksack fest an sich gepresst rannte sie weiter und machte erst halt, als sie am Ende der Museumsinsel angekommen war.

Erschöpft ließ sie sich gegen einen Pfeiler sinken. War ihre Fantasie eben mit ihr durchgegangen oder hatte Hans Schwab tatsächlich äußerst merkwürdig auf ihre Frage nach dem Pokal reagiert? Nein, vor ihrem inneren Auge sah sie nochmals deutlich den misstrauischen Blick, als er ihren Rucksack in seinen Händen hielt. Bestimmt hätte er den Rucksack gerne aufgerissen, um festzustellen, was sich in ihm und hinter Edwinas merkwürdigen Fragen verbarg. Erschöpft lehnte sich Edwina über das Geländer und schaute in das trüb schimmernde Wasser der Spree neben ihr.

„Bevor du springst, bist du mir eine Erklärung schuldig", hörte sie plötzlich eine atemlose und ziemlich ärgerliche Stimme neben sich. „Und erzähl mir nicht, du schreibst einen Schülerzeitungsartikel über durchgeknallte Auftritte in Museen." Edwina warf Anton einen verlegenen Blick zu. Die Sache war ihr wirklich peinlich. Zum Glück sah sie, dass Anton nicht wirklich sauer und nur ziemlich neugierig war. „Ich warte", fuhr er fort. Anton konnte sich zwar keinen Reim auf dieses Mädchen machen, aber einfach so gehen lassen, wollte er sie auch nicht. Und Edwina fand es eigentlich gar nicht schlimm, dass er ihr hinterhergelaufen war. Auch wenn ihr erster Zusammenstoß vorhin im Museum etwas unsanft gewesen war, Anton war ihr von Anfang an sympathisch gewesen. Er kam ihr irgendwie vertraut vor, fast als wenn sie ihm schon einmal begegnet wäre. Die schmalen Wangen, die feine Nase, das kräftige kurze Haar. Aber nein, das konnte nicht sein. Anton lebte in Berlin und sie hatte ihn vorher sicher noch nie gesehen. Dennoch war sie froh, dass er ihr gefolgt war.

Es dauerte noch ganze fünf Minuten, bis sie langsam ins Gespräch kamen, und weitere zehn, bis Edwina langsam auftaute und ihm von der Klassenfahrt erzählte. Auf der Reichstagskuppel war Anton noch nie gewesen und auch sonst versetzte ihn einiges in Staunen, was Edwina über Berlin wusste oder schon gesehen hatte. Die Zeit verging, während sie auf der Ufermauer saßen, die Beine baumeln ließen und sich gegenseitig von ihrem Leben erzählten. „Darf ich dich was fragen?", sagte Anton irgendwann vorsichtig. „Klar", erwiderte Edwina, während sie in die Abendsonne blinzelte. „Aber versprich mir, dass du nicht gleich sauer wirst." „Versuch's einfach mal", antwortete sie. „Dieser Bekannte, der behauptet den Pokal zu besitzen, kann es sein, dass es den gar nicht gibt?" Edwina holte tief Luft und wollte schon entrüstet zu einer Erwiderung ansetzen, da legte Anton bittend die Hand auf ihren Arm. „Bitte nicht noch einmal weglaufen, keine Panik, du kannst mir vertrauen."

Edwina wusste für einen Augenblick nicht, was sie tun sollte. Vertrauen? Warum eigentlich nicht? Schon im Museum hatte sie übertrieben panisch reagiert. Einen Verbündeten konnte sie durchaus gebrauchen. Sie dachte an das Versprechen, das sie Florian gegeben hatte. Sicher, sie durfte den Pokal nicht aus der Hand geben oder in Gefahr bringen. Aber dass sie ihn niemandem zeigen konnte, der mit der Sache bestimmt nichts zu tun hatte, davon war nicht die Rede gewesen. Ohne viel zu sagen, öffnete Edwina langsam den Rucksack und zog die hölzerne Schatulle heraus. Anton hielt den Atem an, als sie ihm schweigend den Pokal hinhielt.

„Ich finde, der sieht echter aus als die Sachen, die wir im Museum haben. Wie um alles in der Welt bist du da rangekommen?", fragte Anton verwundert. „Das ist eine lange Geschichte, von der ich selbst erst den kleinsten Teil kenne. Ich dachte, im Museum würde ich einen Hinweis darauf bekommen, ob der Pokal echt ist oder nicht. Ich weiß, dass es ein identisches Exemplar im Puschkin-Museum in Moskau gibt. Aber welches das Original ist, weiß ich nicht."

„Edwina, wahrscheinlich willst du das jetzt nicht hören", sagte Anton ernst. „Aber du solltest den Pokal wirklich meinem Onkel zeigen." „Und der sackt ihn dann ein, ja? Der Blick, als er meinen Rucksack griff, sagte doch alles." „Das wird er nicht tun", erwiderte Anton mit ruhiger Stimme. „Überleg es dir, Onkel Hans wird dir auf Anhieb sagen können, was es mit dem Pokal auf sich hat. Ich lege meine Hand dafür ins Feuer, dass er die Situation nicht ausnutzen wird. Ich komme mit und um ganz sicher zu sein, verabreden wir uns an einem öffentlichen Ort."

Edwina betrachtete ihren Rucksack und dachte nach. Dann sagte sie spontan: „Was soll's, ich riskiere es." Anton grinste zufrieden und holte sein Handy heraus. „Ich schlage ihm vor, dass wir uns am Gendarmenmarkt treffen, ist 19 Uhr für dich okay?" Schnell tippte er eine SMS in sein Handy und drückte auf „Senden".

Weder Anton noch Edwina ahnten in diesem Moment, dass Hans Schwab die Nachricht nie erreichen würde. Sein Handy lag auf der Ladefläche eines dunklen Lieferwagens, der versteckt an einem einsamen Weg parkte, der durch den Grunewald am Stadtrand von Berlin führte. Eine schwarz behandschuhte Hand griff nach Schwabs Handy, als das Nachrichten-Signal ertönte, und tätschelte wenige Sekunden später zufrieden den Kopf eines schwarzbraunen Dobermanns.

**Mauerverlauf**

Die Mauer war vier Meter hoch, 155 Kilometer lang und verlief um ganz West-Berlin. 136 Menschen starben bei dem Versuch, sie zu überwinden, 5075 gelang die Flucht.

11. Kapitel

# Lauf, Edwina, lauf

Als sie am Gendarmenmarkt angekommen waren, hatte Edwina Anton schon einen Großteil der Geschichte erzählt. Angefangen bei dem Paket, das sie bei Florian Schimmelpfennig abgeben sollte. Dann schilderte sie ihm den merkwürdigen Besuch in Florians Kreuzberger Wohnung, das geheimnisvolle Arbeitszimmer, den Pokal, den ihr Florian hastig anvertraut hatte, und den schrecklichen Verdacht, dass Florian entführt worden war oder dass ihm vielleicht sogar etwas Schlimmeres zugestoßen sein könnte. Als sie ihm von ihrem nächtlichen Besuch in Clärchens Ballhaus berichtete, sah sie Antons staunenden Blick, der zwischen Bewunderung und Ungläubigkeit schwankte.

Die beiden hatten sich in einem der Cafés auf dem Gendarmenmarkt an einen Tisch gesetzt. Zwischen dem Französischen und dem Deutschen Dom konnten sie von hier aus den ganzen Platz überblicken. „Du glaubst mir nicht, oder?", fragte sie. Anton verzog den Mund zu einem etwas schiefen Lächeln. „Es ist auch nicht ganz leicht", sagte er grinsend. „Warte", sagte Edwina, „ich kann dir alles beweisen." Sie zog das Heft der Schatzhüter aus der Tasche. „Das habe ich in dem Versteck der drei Freunde in Clärchens Ballhaus gefunden. Es gehörte Florian und seinen beiden Freunden, sie nannten sich die Schatzhüter. Vorhin war ich in der Stabi und habe mich schlaugemacht, die Zeichnungen hier in dem Heft entsprechen eins zu eins den Gegenständen des Schatzes des Priamos. Unter den Zeichnungen finden sich sogar die korrekten

Inventarnummern. Die Jungs müssen also im Besitz des Schatzes gewesen sein. Wenn der Pokal hier in meinem Rucksack echt ist, wäre das eine wirkliche Sensation. Denn das hieße wahrscheinlich, dass der Schatz in Moskau ein Fake ist." „Was meinst du damit?", fragte Anton. „Eine Kopie, die wahrscheinlich irgendwann in den letzten Kriegstagen angefertigt wurde." Bedeutungsschwer setzte sie hinzu: „Und der echte Schatz befindet sich…" Edwina hielt inne. Anton schaute sie erwartungsvoll an, er wiederholte ihre letzten Worte: „Ja, der echte Schatz befindet sich… wo?"

Edwina seufzte: „Genau das ist die Frage. Eine Frage, mit der sich Florian wahrscheinlich auch beschäftigt hat. In seinem Arbeitszimmer war alles voll mit Büchern, Aktenordnern und Karten. Sah so aus, als wenn er systematisch nach etwas suchen würde." „Und nicht nur er", ergänzte Anton. „Richtig", sagte Edwina, „sonst wäre er wahrscheinlich nicht entführt worden. Dieser Booster, der ihn angerufen hat, muss auch hinter dem Pokal her sein, sonst hätte mir Florian nicht genau dieses wertvolle Teil in die Hand gedrückt. Er wollte den Pokal so schnell wie möglich aus seiner Wohnung herausschaffen, und mit mir bot sich die einzige Gelegenheit. Er schien mir ja eigentlich ein lockerer Typ zu sein, doch plötzlich wirkte er sehr ernst, wie ausgewechselt. Ich musste ihm versprechen, mit keinem Menschen darüber zu sprechen." Edwina grinste verlegen, als sie bemerkte, dass sie genau dieses Versprechen gerade gebrochen hatte. „Ich denke, er hat es im Sinne von mit keinem Erwachsenen darüber sprechen gemeint." Anton nickte zustimmend: „Sicher, das denke ich auch." „Er hat auch von einem Geheimnis gesprochen, das ihn schon sein Leben lang begleitet. Ich könnte mir vorstellen, dass er das hier gemeint hat, das klingt zumindest ziemlich geheimnisvoll." Edwina schlug die erste Seite des Schatzhüter-Heftes auf.

*Schweige. Hüte. Suche.*
*Vollende, was ich begonnen habe*
*und meine Taten werden wieder rein*
*Die Dinge sind nicht immer die, die wir sehen*
*Wisse, der Schatz ist größer, als er erscheint*
*Das Auffällige ist manchmal das Unauffällige.*

*Blicke in den Kelch der Weisheit,*
*dann wird dir die Ilias ein zweites Mal den Weg weisen.*

Anton betrachtete die Verse lange und las sie mehrmals leise vor. Dann wandte er sich zu Edwina. „Das ist zu hoch für mich. Klingt ziemlich gestelzt. Weißt du, wer das geschrieben hat?" „Ich glaube, es ist die Handschrift von Florians Vater, Karl Schimmelpfennig. Der arbeitete im Museum für Vor- und Frühgeschichte, zu dessen Sammlung der Schatz des Priamos damals gehörte. Dieser Karl Schimmelpfennig hat den kompletten Schatz kurz vor Kriegsende aus dem bombensicheren Flakturm entliehen, in dem er eingelagert worden war. Vielleicht hat er damals eine Kopie davon machen lassen, die dann in Besitz der Jungen kam. Vielleicht wurde aber auch ebendiese Kopie wieder in den Flakturm zurückgebracht und später von den Sowjets nach Moskau transportiert." Edwina blickte sich suchend um. „Wo bleibt dein Onkel nur?" Anton schaute auf seine Uhr. „Er sollte schon seit einer halben Stunde hier sein. Onkel Hans ist eigentlich immer überpünktlich und korrekt. Sich zu verspäten ist gar nicht seine Art." Er zog sein Handy aus der Tasche und wählte. „Onkel Hans Handy scheint ausgeschaltet zu sein."

Edwina ließ den Blick umherschweifen. Ein älterer Herr mit Anzug und Fliege war nirgendwo zu sehen. An den meisten Tischen saßen Touristen und Leute, die den Feierabend genossen. Ein paar Tische neben ihnen hatte sich gerade ein bullig wirkender, alter Mann niedergelassen. Mit seinem langen schwarzen Ledermantel stach er zwischen den bunt gekleideten Touristen hervor. Er war groß und früher sicher einmal muskulös gewesen. Seine halblangen weißen Haare schauten unter einem ebenfalls schwarzen Hut hervor und gaben ihm etwas Unheimliches, fast Gespensterhaftes. Er hatte zwei Dobermänner dabei, die er kaum halten konnte. Zwar trugen sie Maulkörbe, aber ihr Knurren und Zähnefletschen war dennoch so bedrohlich, dass sich die drum herum sitzenden Gäste erhoben. Ein Kellner kam auf den Hundebesitzer zu und sprach mit ihm. Was der Kellner sagte, hörte Edwina nicht, aber die lautstarke Reaktion des Mannes im Ledermantel. „Pass bloß auf, sonst machst du gleich Bekanntschaft mit den beiden, die haben noch nicht gefrühstückt". Dann rief er zu den Hunden gewandt: „Adolf!, Josef! Fuß! Wir gehen!" Der Kellner wich erschrocken zur Seite. Während der unheimliche Mann im Ledermantel sich mit seinen Dobermännern entfernte, warf er noch einmal einen Blick in Richtung Café und schaute genau zu dem Tisch, an dem Anton und Edwina saßen.

„Was ist das denn für ein abartiger Typ", murmelte Anton. „Und die beiden Hunde, die er dabeihat, die lassen einem ja die Haare zu Berge stehen." „Hast du die Namen gehört?", fragte Edwina. „Bei dem Pärchen Adolf und Josef fallen mir gleich ihre Namensbrüder Adolf Hitler und Josef Stalin ein. Das würde zu dem kranken Typen passen. Ich glaube, den habe ich vorhin schon mal vor dem Museum gesehen."

„Schichtwechsel, kann ich dann bei euch abkassieren?", fragte die Stimme des Kellners, der an ihren Tisch getreten war. Wirklich, es war recht spät geworden. Edwina erschrak, schon kurz vor acht! „Anton, ich muss los, sonst schreibt Bockelmeier eine Großfahndung nach mir aus." Anton schaute sie fragend an: „Bockelmeier, wer ist das denn schon wieder?" „Mein Klassenlehrer", erklärte Edwina, „dem ist sowieso schon aufgefallen, dass ich in Berlin gerne mal meine eigenen Wege gehe." Anton ließ den Blick noch einmal über den Platz schweifen. „Ich verstehe wirklich nicht, warum Onkel Hans nicht kommt, er wollte gleich nach mir das Museum verlassen. Dass sein Handy abgeschaltet ist, wundert mich auch, das ist sonst nicht seine Art." Ratlos schauten sich die beiden an. „Jetzt gibst du mir erst mal deine Nummer", sagte Edwina, während sie ihr Handy zückte, „und ich dir meine. Ich habe die Klassen-Planung für morgen nicht im Kopf, aber irgendwie werde ich es schaffen, deinen Onkel zu treffen. Ich rufe dich an!", rief sie, während sie sich in Richtung U-Bahn entfernte „... und danke für die Einladung!" Anton schaute auf die Rechnung, die der Kellner hinterlassen hatte: 12 Euro für zwei Cola, er wurde ganz blass und warf Edwina nur ein leicht zerknirschtes „Bitte, gern geschehen" hinterher.

Ihren Rucksack auf dem Rücken tragend überquerte sie mit eiligen Schritten den Gendarmenmarkt und die angrenzende Charlottenstraße. Hier herrschte noch eine Menge Betrieb. Ein steter Strom von Touristen kam ihr entgegen, doch niemand beachtete sie, alle hatten ihre Blicke auf das Ensemble aus den beiden Domen und dem Konzerthaus in der Mitte des Gendarmenmarktes gerichtet oder schauten in die Schaufenster der Luxusgeschäfte. Plötzlich hörte Edwina ein Hundekläffen, ruckartig drehte sie sich um. Nein, das waren zum Glück nicht die Dobermänner von eben, sondern nur ein kleiner aufgeregter Pinscher. Aber da war noch etwas anderes. Im Moment, als sie sich umdrehte, hatte sie eine dunkle Gestalt hinter einem Mauervorsprung verschwinden sehen. Edwina ging langsam weiter. Sah sie jetzt schon Gespenster? Schnell drehte sie sich noch einmal um, aber die Sicht war ihr durch eine Fahrradrikscha versperrt.

Sie selbst war zwar noch nie verfolgt worden, aber aus den Bergen von Kriminalromanen, die sie seit ihrer frühsten Kindheit verschlungen hatte, wusste sie, wie man sich in so einem Fall verhielt. Sie ging ruhig weiter und betrat dann blitzartig den erstbesten Laden zu ihrer Rechten. Es war ein elegantes Handtaschengeschäft. „Was kann ich für dich tun?“, fragte die Verkäuferin mit leicht hochgezogener Augenbraue. „Ich schau mich nur ein bisschen um“, erwiderte Edwina, und das tat sie auch. Vorsichtig lugte sie an den Taschen vorbei in Richtung Eingangstür. Tatsächlich, dort, neben dem rechten Schaufenster, sah sie wieder die Umrisse einer dunklen Gestalt. Sie hatte die gleiche bullige Statur, die sie eben schon hinter dem Mauervorsprung erkannt hatte. Schnell verschafft Edwina sich einen Überblick. Auf der anderen Seite des Handtaschengeschäftes gab es noch eine weitere Tür. „Ist das auch ein Ausgang?“, fragte Edwina die gelangweilte Verkäuferin. „Ja, der führt direkt in das Kaufhaus Galeries Lafayette.“ Perfekt, genau das, was Edwina brauchte. Eilig lief sie durch die Tür in das Getümmel des Kaufhauses hinein. Im Erdgeschoss war die Kosmetikabteilung, überall Stände, Plexiglasaufsteller und jede Menge stark geschminkte lächelnde Verkäuferinnen.

Hastig bahnte sich Edwina einen Weg und rempelte dabei unabsichtlich eine Kundin an. Die pöbelte gleich los, obwohl Edwina sich sofort entschuldigt hatte. Wertvolle Sekunden gingen so verloren.

Edwina blickte sich um und sah in einem der vielen Spiegel ganz deutlich die bullige Gestalt mit weiß-teigigem Gesicht und rabenschwarzen Haaren auf sich zukommen.

Geistesgegenwärtig duckte sich Edwina und bewegte sich halb in der Hocke gehend auf den gläsernen Fahrstuhl zu. Die Türen waren schon fast geschlossen, da hechtete sie hinein. Im nächsten Augenblick sah sie ihren Verfolger auf den Fahrstuhl zustürzen. Zwei riesige Hände versuchten die Fahrstuhltüren aufzuziehen. Vergeblich. Für den Bruchteil einer Sekunde stand Edwina ihrem Verfolger nur durch eine Glaswand getrennt gegenüber. Ihr Blick traf auf zwei kleine, vor Wut blitzende, hasserfüllte Augen. Die Kälte und der Hass ließen sie zusammenzucken, aber erstaunt war sie darüber, dass ihr Verfolger eine Frau war. Aber was für eine! Sie hatte das Format einer Kugelstoßerin und überragte Edwina um zwei Kopflängen. Instinktiv wich Edwina zurück an die hintere Wand des Fahrstuhls, als der auch schon nach unten sauste.

Im Untergeschoss angekommen stürmte Edwina aus dem Fahrstuhl. Ihre Verfolgerin hatte die Treppe genommen und war ihr dicht auf den Fersen. Edwina rannte an einer Ladenpassage entlang und gelangte über eine Rolltreppe zu einem weiteren Ausgang und wieder auf die Friedrichstraße. Ihrer Verfolgerin war ihr nur 20 Meter entfernt auf den Fersen. Edwina meinte, einen Geruch von kaltem Schweiß und Knoblauch in der Nase zu spüren. Schneller, schneller, trieb sie sich an und hechtete eine kleinere Querstraße hinunter. Kurzzeitig gelang es ihr, den Abstand zu vergrößern. Doch als plötzlich aus einer Einfahrt ein Lastwagen herausschoss und den Weg versperrte, war der Vorsprung wieder verloren. Edwina lief weiter in Richtung Unter den Linden. Die Abendsonne senkte sich gerade über dem Prachtboulevard. Die Touristen waren mit Flanieren und dem Bestaunen von Sehenswürdigkeiten beschäftigt, und niemand nahm Notiz von einem Mädchen, das es besonders eilig hatte. Laufen war Edwinas große Stärke, auf der langen Geraden vor der russischen Botschaft konnte sie den Abstand vergrößern, vor ihr lag das Brandenburger Tor. Aber dieses Tempo konnte sie nicht halten. Jetzt bekam sie auch noch Seitenstiche. Welchen Weg sollte sie jetzt einschlagen? Hinter dem Pariser Platz begann der Tiergarten. Dort wollte sie jetzt im Dämmerlicht mit ihrer Verfolgerin auf keinen Fall alleine sein. Links sah sie den eleganten Schriftzug des „Hotel Adlon" – warum nicht? Sie schlug einen Haken, drosselte das Tempo und betrat die große, etwas überladen wirkende Lobby des Hotels. Edwina hielt sich an der Seite und durchquerte den mit Sofas und bequemen Sesseln möblierten Saal, immer die Deckung der großen Marmorsäulen suchend. Langsam kam sie wieder zu Atem. Hatte sie die Verfolgerin wirklich abgehängt? Aber nein, da sah sie die bullige Kampfmaschine durch die Drehtür eilen. Mist, wenn es hier keinen Hinterausgang gab, saß sie echt in der Falle. Aber ein Hotel, das einen ganzen Häuserblock einnahm, musste noch einen zweiten Ausgang haben. Ohne nachzudenken, rannte sie einfach los, an den Fahrstühlen vorbei, auf einen Springbrunnen zu. Dahinter war ein langer Flur und noch weiter hinten eine Tür, die auf die Straße hinausging. Da hatte sie ja noch mal Glück gehabt. Edwina stürzte hinaus und rannte, ohne nach links und rechts zu schauen, quer über die Straße. Sie hörte Reifenquietschen und lautes Hupen, drehte sich aber nicht um, sondern lief einfach weiter, nur weiter und entkommen!

**1963**

Der amerikanische Präsident John F. Kennedy besucht Berlin. In einer bewegenden Rede bekennt er sich zu der Stadt mit den Worten: „Ich bin ein Berliner."

Jetzt wusste sie, wo sie war. Am Denkmal für die ermordeten Juden, einem riesigen quadratischen Areal voller grauer Betonsäulen. Edwina war schon einmal daran vorbeigefahren. Ein Ort, der an die Opfer des Nazi-Regimes erinnern sollte. Die riesige Menge grauer Steine wirkte wie ein großes Gräberfeld. Tagsüber hatte sie hier Kinder spielen sehen. Aber jetzt waren die Wege, die zwischen den gleichmäßig angeordneten Steinklötzen hindurchführten, einfach nur unheimlich. Wie tote eckige Baumstümpfe ragten die Klötze aus dem Boden hervor. Dahinter erhob sich die dunkle Silhouette des Tiergartens. Mittlerweile war die Sonne untergegangen und außer den Straßenlaternen erleuchtete nur noch eine schmale Mondsichel den Platz.

Nach Luft schnappend warf Edwina einen kurzen Blick über die Schulter und sah ihre Verfolgerin auf der anderen Straßenseite. Der Abstand verkürzte sich. Ohne groß zu überlegen, schlug Edwina einen Haken und tauchte in die erste Schneise der Pfeiler ein. Diese engen Pfade waren schaurig. Doch Edwina lief einfach weiter, tief in die Menge der Betonpfeiler hinein. Hinter sich konnte sie die donnernden Schritte und das schwere Atmen ihrer Verfolgerin hören. Edwina bog nach rechts und dann gleich blitzschnell nach links ab. Nach Atem ringend presste sie sich mit dem Rücken an den nächsten Betonpfeiler. Um sie herum war es still. Aber irgendwo lauerte ihre Gegnerin? Langsam lugte Edwina in die Schneisen rechts und links von sich. Hier war niemand zu sehen. Sie wartete noch einen Moment, dann schob sie sich vorsichtig von einem Pfeiler zum nächsten.

Verzweiflung kroch in Edwina hoch. Florian hin oder her. Das hier war einfach eine Nummer zu groß für sie und ging eindeutig über ein bisschen Detektivspielen hinaus. Der Pfeiler vor ihr war so niedrig, dass sie knapp darüber hinwegsehen konnte. Sie warf einen Blick über den Platz hinter sich. Genau in dem Moment löste sich aus dem Dunkel des gegenüberliegenden Pfeilers ein mächtiger Schatten. Im gleichen Augenblick wurde sie auch schon von zwei stahlharten Armen gepackt. Zwar versuchte sie, sich zu wehren, und schlug wild mit Armen und Beinen um sich, aber es war, als wenn sie in einen überdimensionalen Schraubstock eingezwängt worden wäre.

Ihr Kopf wurde gegen eine der Betonstelen geschlagen und Edwina verlor für einen Augenblick das Bewusstsein. Das Letzte, was sie spürte, war, dass ihr der Rucksack mit dem Pokal vom Rücken gerissen wurde.

12. Kapitel

# Der Weg in die Freiheit

Edwina erwachte mit dröhnenden Kopfschmerzen und noch schlimmeren Schuldgefühlen. Nur mit Mühe hatte sie sich gestern Abend, nachdem sie niedergeschlagen worden war, zurück zum Jugendhotel schleppen können. Unterwegs hatte sie Bockelmeier noch eine SMS geschickt, in der sie ihm etwas von einer spannenden Lesung in der Stabi vorgaukelte, deretwegen sie sich verspäten würde. So hatte sie im Jugendhotel unbehelligt in ihr Bett schlüpfen können. Und genau dort in diesem Bett wäre sie auch am liebsten für den Rest der Klassenfahrt geblieben. Der Pokal war verschwunden und von Florian fehlte jede Spur. Wie sollte sie ihm, wenn er jemals wieder auftauchen würde, den Verlust des Pokals erklären? Zerknirscht erinnerte sie sich daran, dass sie schon vorher ihr Versprechen gebrochen hatte, indem sie Anton von allem erzählt hatte.

Edwina erschauerte, als sie sich an das weibliche Muskelpaket erinnerte, das sie gestern quer durch die Galeries Lafayette gejagt hatte. Ihr Gefühl sagte ihr, dass genau diese Kampfmaschine Florian vor drei Tagen einen Besuch abgestattet hatte. Nur wie war ihr das Kampfweib auf die Spur gekommen? Hatte Florian verraten, dass er ihr den Pokal gegeben hatte? Kurz nachdem Edwina den Gendarmenmarkt verlassen hatte, musste sie sich an ihre Fersen geheftet haben. Mit einem Ziel: den Pokal in die Finger zu bekommen. Bei dem Gedanken hätte sich Edwina am liebsten in die kleine bunt bestickte Tasche ihres Handys verkrochen. Der Pokal war weg! Jetzt, wo er verschwunden war, machte es erst recht keinen Sinn, zur Polizei zu gehen. Mit nichts in den Händen wäre so eine Aktion einfach nur noch peinlich.

Zum Glück wurde sie heute nicht auch noch von einem anstrengenden Klassenfahrtsprogramm gefordert. Heute war Sightseeing mit dem Bus angesagt. In Berlin konnte man das praktischerweise mit einem ganz normalen Linienbus machen, der auf seiner Strecke an den wichtigsten Sehenswürdigkeiten vorbeikam. Das langsame Hin- und Herschaukeln des Doppeldecker-Busses der Linie 100, in dem die Klasse durch die Stadt rollte, hatte etwas Tröstliches. Bockelmeier stand wie immer vorne und erläuterte die Sehenswürdigkeiten. Gerade kamen sie am Ruinenstumpf der Kaiser-Wilhelm-Gedächtniskirche vorbei. Als Kind hatte sich Edwina immer gewundert, warum die Kirche so eine ungewöhnliche Form hatte. Bockelmeier klärte sie und die ganze Klasse auf. Der zerstörte Kirchenturm war nach dem Krieg nicht wiederaufgebaut worden und blieb als Mahnmal mitten auf dem Breitscheidplatz stehen. Daneben wurde ein damals ultramoderner schlichter neuer Kirchenbau gesetzt, der die Berliner Gemüter, wie alle neuen Gebäude an prominenter Stelle, stark erhitzte. Edwina griff in ihre Tasche und zog ihren MP3-Player heraus. Nichts gegen Bockelmeiers Vorträge, aber heute wollte sie einfach ihre Ruhe haben.

Die Musik und zwei Aspirin, die sie gleich nach dem Frühstück eingenommen hatte, taten gut. Als der Bus am Checkpoint Charlie hielt und die Klasse ausstieg, waren ihre Kopfschmerzen schon fast verflogen und nichts als die große, für niemanden sichtbare Beule unter ihrem braunen dichten Haar erinnerte an den gefährlichen Zusammenstoß am gestrigen Abend. Ein Stück der Berliner Mauer hatten sie ja schon gestern gesehen. Jetzt kam der Checkpoint Charlie dran, der einzige erhaltene Übergang an der ehemaligen Grenze zwischen Ost- und West-Berlin.

In der Mitte der Straße befand sich eine kleine Kontrollbaracke, daneben stapelten sich Sandsäcke, die wie ein Verteidigungsstand aus dem Ersten Weltkrieg wirkten. Der Checkpoint Charly war im amerikanischen Sektor gelegen und wie die Mauer zum Synonym für die Teilung Berlins und den sogenannten Kalten Krieg geworden. Damit war das Wettrüsten zwischen den USA und der Sowjetunion gemeint gewesen. Hier, Ecke Friedrichstraße und Zimmerstraße, verlief die Demarkationslinie der beiden Supermächte. Hochexplosiver Boden. Wann immer es zu Spannungen zwischen den USA und der Sowjetunion kam, fuhren hier auf beiden Seiten Panzer auf und wurden in Gefechtsstellung gebracht.

Vor allem die Jungs der Klasse schien dieser Platz zu faszinieren. Lars und Malte liefen symbolische Maschinengewehrsalven von sich gebend auf die Kontrollbaracke zu und ließen sich auf die Sandsäcke fallen. Gleich darauf erklangen ihre echten Schreie, als sie spüren mussten, dass diese Sandsäcke mit steinhartem Beton gefüllte Attrappen waren. Der Rest der Klasse hatte sich auf die zahlreichen Souvenir-Stände verteilt, an denen es sowjetische Armeejacken, DDR-Orden und Mauerstücke zu kaufen gab. Bockelmeier gab ihnen zehn Minuten und platzierte sich dann mit seinem Megafon vor dem Eingang des Hauses am Checkpoint Charlie.

Er zückte das Megafon und begann im Amts-Stakkato zu rufen: „Achtung! Achtung! Klasse 8c: Verlassen Sie jetzt den Souvenirstand-Sektor und begeben Sie sich unverzüglich wieder auf Klassenfahrtsstaatsgebiet. Bei Zuwiderhandlung wird ohne weitere Vorwarnung von Einträgen ins Klassenbuch Gebrauch gemacht." Den vertraut krächzenden metallischen Klängen folgend scharten sich die Schüler um ihn: „Meine Lieben, schlagt mal bitte das Kapitel Teilung Berlins in eurem Gedächtnis auf. Ihr erinnert euch. Hitler. Nazis. Größenwahn. Weltkrieg. Dann vier Siegermächte, im Folgenden auch Alliierte genannt. Sowjets, Amerikaner, Franzosen und Engländer. Besatzungsmächte teilen Deutschland in vier Kuchenstücke. Auch Berlin wird in vier Sektoren geteilt. Und dann kommt, was kommen muss: Knatsch. Die Sowjets auf der einen Seite, die westlichen Alliierten auf der anderen. Am 23. Mai 1949 wird die BRD auf dem Gebiet der westlichen Besatzungsmächte gegründet, am 7. Oktober desselben Jahres die DDR auf dem Gebiet der Sowjetischen Zone.

Mittendrin liegt Berlin, die Sektorengrenzen waren damals noch durchlässig und täglich verließen Hunderte von meist gut ausgebildeten Bürgern den Ostteil Berlins, um für immer nach West-Berlin oder in die BRD zu gehen. Zuletzt waren es täglich über 2000 Menschen, die von Ost nach West überliefen. Die kommunistische

Führung der jungen Deutschen Demokratischen Republik musste etwas tun, damit sich ihr Land nicht restlos entvölkerte. Anstatt die Menschen durch bessere Lebensbedingungen zu halten, wendeten die Genossen eine andere Methode an. Sie bauten eine Mauer, rund um West-Berlin. Im Morgengrauen des 13. August 1961 begannen Bauarbeiter der DDR unter Aufsicht der Nationalen Volksarmee, mitten durch die Stadt Stacheldrahtverhaue zu errichten. Auch der U- und S-Bahn-Verkehr wurde unterbrochen. Noch am gleichen Abend begannen sie mit dem Bau einer zwei Meter hohen Mauer. Von einem Tag auf den anderen war die Berliner Bevölkerung in West- und Ost-Berlin unüberwindbar voneinander getrennt. Die Grenzposten hatten Schießbefehl und machten davon auch Gebrauch." Bockelmeier setzte das Megafon ab und wedelte mit einem Stapel Eintrittskarten. „Aber lasst uns jetzt ins Museum gehen. Dort werden wir alles über die Geschichte der Mauer erfahren."

## 1966

Die DDR-Staatssicherheit wird zum weltweit größten Geheimdienst aufgebaut. Insgesamt arbeiten dort über 900.000 Menschen als offizielle Mitarbeiter oder heimliche Spitzel.

Das Haus am Checkpoint Charlie war kein Museum im eigentlichen Sinne, sondern ein Labyrinth aus vielen Räumen, die mit Bildern, Erinnerungsstücken, Filmprojektionen und allen anderen denkbaren Relikten zum Thema Berliner Mauer, deutsch-deutsche Grenze und DDR vollgestopft waren. Selbst Bockelmeier konnte die Klasse nur mühsam zusammenzuhalten. „Kommt mal alle her, hier ist 'ne Selbstschussanlage“, rief Martin. Kurz darauf hörten sie Sabine begeistert schreien: „Da hinten gibt's ein Kino“, woraufhin Edwinas Klassenkameraden für die nächste Stunde nicht mehr von einem Film über die Flucht zweier ostdeutscher Familien mit einem selbst gebauten Heißluftballon nach Westdeutschland wegzulocken waren.

Edwina war dem Aufruf nicht gefolgt. Sie war froh, ihre Ruhe zu haben. Und die verwinkelten Räume des Hauses am Checkpoint Charlie waren dafür genau der richtige Ort. In der Abteilung „Republikflucht“ blieb sie vor den Mahnkreuzen für Peter Fechter stehen. Der hatte 1962 genau an der Ecke Friedrichstra?e/Zimmerstraße versucht, von Ost-Berlin in den Westen zu flüchten, war dann aber von DDR-Grenzschützern angeschossen worden und mitten auf dem Grenzstreifen verblutet. Vor den Augen hilflos zuschauender Westberliner, die den Grenzstreifen nicht betreten durften. Edwina schüttelte sich vor Grauen.

Auch wenn sie hier die Bilder und Dinge direkt vor Augen hatte, konnte sie sich nur schwer vorstellen, dass sich Flüchtlinge unter umgebauten Autositzen versteckt hatten, um von einem Teil Deutschlands in den anderen zu entkommen. Sie ging um einen kleinen ausgestellten Oldtimer herum, eine Isetta, ein winziges Auto, in dem Batterie und Heizung ausgebaut worden waren, um Flüchtlinge unerkannt über die Grenze zu bringen. Eine Tafel klärte darüber auf, dass allein mit diesem winzigen Fahrzeug, das bei den strengen Kontrollen keinen Verdacht ausgelöst hatte, nach und nach über ein Dutzend DDR-Bürger in den Westen gebracht werden konnten.

Im nächsten Raum lief eine alte Fernsehreportage über eine Tunnelflucht aus dem Jahre 1964. In altmodisch wirkenden Schwarz-Weiß-Bildern sah Edwina, wie Frauen und Männer nacheinander, teilweise mit Kindern auf dem Arm, erschöpft, aber erleichtert und glücklich aus einem Loch im Boden stiegen. „Sieben Monate", so der Nachrichtensprecher, „haben West-Berliner in 13 Metern Tiefe einen 145 Meter langen und 70 cm hohen Tunnel ausgegraben. Von dem Keller einer ehemaligen Bäckerei in der Bernauer Straße in West-Berlin führte der Tunnel unter der Mauer hindurch in einen Ostberliner Hinterhof. Genau 57 Ostberliner Männern, Frauen und Kindern ist auf diese Weise innerhalb zweier Nächte die Flucht gelungen."

Die Sektorengrenze im nördlichen West-Berlin lief genau an der Bernauer Straße entlang. Eine Mauer konnte man hier nicht bauen, da dort bereits Häuser standen. Also wurden die Fenster einfach zugemauert. Hier spielten sich kurz nach der Teilung Berlins erschütternde Szenen ab. Menschen sprangen aus den Fenstern der oberen Stockwerke, um in den Westen zu fliehen.

An der Wand hingen weitere Fotos, die unterschiedliche Tunnelfluchten dokumentierten. Edwina beugte sich vor und las die Beschriftungen. „Zwei gescheiterte Versuche lagen hinter Martha Gamaschke, bevor sie mit ihrer einjährigen Tochter 1964 den Weg nach Westberlin fand", stand unter dem Foto einer pausbäckigen Frau mit lockigem Haar, die mit einem Kind auf dem Arm einem Loch im Boden eines Kellers entstieg. Das nächste Foto zeigte einen jungen Mann mit staubigem Anzug und Rucksack, der von einem Fluchthelfer herzlich umarmt wurde. „Archäologiestudent Hans Schwab war unter den Westberlinern, die in monatelanger Arbeit den Tunnel von der Strelitzer Straße 55 zu den Kellern einer leerstehenden Bäckerei gruben. Hier begrüßt er seinen Freund aus Kindheitstagen Florian Schimmelpfennig."

Edwina wollte ihren Augen nicht trauen, wieder und wieder las sie die Zeilen und starrte auf das Foto! Hans Schwab und Florian Schimmelpfennig. Das konnte kein Zufall sein. Er war zwar 50 Jahre jünger und magerer, aber sie erkannte genau Florians Gesichtszüge, und auch Hans Schwabs feine Nase und der Ansatz seines mittlerweile ausgeprägten Doppelkinns waren deutlich erkennbar. „Hans Schwab begrüßt seinen Freund aus Kindheitstagen." Florian Schimmelpfennig und Schwab kannten sich. Natürlich, so musste es gewesen sein: Schwab war Kroko, einer der drei Jungen aus dem Ballhaus.

Jetzt wusste sie auch, warum Anton ihr von Anfang an so vertraut vorgekommen war. Er sah seinem Onkel unglaublich ähnlich und hatte die gleichen feinen Gesichtszüge wie der kleine Kroko auf dem Foto der drei Jungs vor Clärchens Ballhaus. Das Foto der drei Schatzhüter, mit dem alles begonnen hatte.

Plötzlich schoss ihr ein Gedanke durch den Kopf. Florian Schimmelpfennig und Hans Schwab hatten sich gekannt – als Jungs waren sie die Hüter des Schatzes des Priamos gewesen, Schwab hatte Florian Jahre später sogar noch zur Flucht verholfen. Ob sie immer noch miteinander befreundet waren? Wohl kaum. Florian schien alleine auf der Suche nach dem Geheimnis des Pokals zu sein. Vielleicht war es ja zwischen ihnen zum Bruch gekommen und es war Schwab, der jetzt hinter dem Pokal her war? Edwina erschauerte. Plötzlich hatte sie einen schlimmen Verdacht, wer gestern Abend die Kampfmaschine auf sie angesetzt haben könnte. Keiner außer dem Großneffen von Hans Schwab hatte gewusst, dass sie den Pokal bei sich trug. Sie konnte es nicht fassen, aber es gab keine andere Möglichkeit: Anton musste sie verraten haben. Nachdem sie ihm alles erzählt hatte, hatte er heimlich seinen Onkel informiert. Wahrscheinlich hatte Hans Schwab Anton schon gezielt auf Edwina angesetzt, weil sie sich durch ihre Fragen im Büro verdächtig gemacht hatte. Natürlich, deshalb war Anton ihr gefolgt und hatte sie zu dem Treffen mit seinem Onkel überredet. Der war dann nicht selber gekommen, sondern hatte eine zwei Zentner schwere Komplizin geschickt. Noch einmal schaute Edwina auf das Foto der Tunnelflucht an der Wand. In dem Gesicht von Hans Schwab erkannte sie deutlich die Züge von Anton. Dass er sie verraten hatte, versetzte ihr einen schmerzhaften Stich. Konnte sie sich so in ihm getäuscht haben? Sie kannte ihn nur ein paar Stunden, doch eins meinte sie sicher zu wissen: Ein guter Schauspieler war er nicht, und lügen war auch nicht seine Stärke. Mal sehen, wie er sich jetzt aus der Affäre ziehen würde. Entschlossen griff Edwina zum Telefon und wählte Antons Nummer.

13. Kapitel

# Der Dritte im Bunde

„Hey, Nachrichten für Anton, nach dem Piep“. Diese betont lässige Ansage hatte Edwina jetzt schon ein Dutzend Mal gehört. Nach dem Mittagessen hatte es zu regnen begonnen und das war für Bockelmeier ein willkommener Anlass gewesen, die Museumsinsel auf das Programm zu setzen und ein Museum nach dem anderen Museum zu durchstreifen. Dass Edwina bereits gestern hier gewesen war, band sie ihrem Lehrer lieber nicht auf die Nase.

Das erste Mal hatte sie Anton auf die Mailbox gesprochen, als sie mit der Klasse vor dem Pergamon-Altar stand, zwei weitere Male während Bockelmeier einen langen Vortrag über die Fresken im altrosa und weiß verzierten Tiepolo-Kabinett im Bodemuseum hielt. Als sie jetzt im Foyer des Alten Museums standen, griff Edwina noch einmal zum Handy und versuchte erneut ihr Glück.

Zu ihrem Erstaunen hörte sie diesmal nicht die schwungvolle Mailbox-Ansage, sondern den echten Anton mit einem matten: „Anton Schwab“. „Warum so zaghaft“, raunzte Edwina, „wunderst dich wohl, dass ich noch so munter bin?“ Ohne dass Anton etwas erwidern konnte, fuhr sie fort: „Um ein Haar hätte mich die Kampfmaschine, die du und dein feiner Onkel gestern auf mich angesetzt haben, auch wirklich erledigt. Aber ich hatte Glück, nur den Pokal bin ich leider los. Auf den war dein Onkel ja gleich so scharf. Nun, ich wünsche euch viel Spaß damit. Schweige. Hüte. Suche. Du weißt ja wie es weitergeht.“

„Edwina?“ Antons Stimme klang ungläubig, „bist du das?“ „Ja, Edwina. Edwina persönlich, ich kann noch sprechen. Erstaunt? Kann ich verstehen. Wen die dunkle Schönheit einmal in der Mangel gehabt hat, der kann normalerweise kein Handy mehr halten. Aber bei mir ist das anders. Bundessiegerin auf 100 Meter bei „Jugend Trainiert für Olympia“. Habe die Dame ganz schön durch die Gegend laufen lassen. Als sie mich dann erwischt hat, war sie anscheinend zu müde, um noch mal kräftig hinzulangen.“ Jetzt, nachdem sie endlich genug Dampf abgelassen hatte, bekam auch Anton eine Chance, etwas zu sagen.

„Edwina, stopp mal bitte. Was ist denn eigentlich los? Ich weiß gar nicht, wovon du da redest, aber mein Onkel steckt mit Sicherheit nicht dahinter.“ Antons Stimme klang ungewöhnlich, ernst und traurig. „Onkel Hans wurde gestern Abend bewusstlos im Grunewald gefunden.“ „Was?“, stammelte Edwina ungläubig, „ist das wahr?“ „Ja“, sagte Anton ernst und traurig, „ich war den ganzen morgen bei ihm im Krankenhaus. Er hat viel Blut verloren und war nur einmal kurz bei Bewusstsein. Hat wirres Zeug erzählt von einem Booster und seinen Hunden. Zeugen haben einen Mann mit zwei scharfen Dobermännern in der Nähe gesehen. Die haben ihn angefallen. Er schwebt immer noch in Lebensgefahr.“

Edwina musste schlucken. Booster! Das war doch einer der Schatzhüter! „Edwina?“, hörte sie Anton fragen, „Edwina, bist du noch da?“ „Ja“, antwortet sie jetzt sehr kleinlaut. Ihre Wut war verflogen. Anton war kein guter Schauspieler, die Geschichte, die er ihr da erzählte, musste wahr sein.

Die beiden Dobermänner. Das war es. Sie hatte doch gestern auf dem Gendarmenmarkt gleich so ein ungutes Gefühl gehabt bei ihrem Anblick. Gut zwei Stunden vorher hatte sie den bulligen Typ mit den gemeinen schwarzen Hunden schon auf der Museumsinsel gesehen. Kurz danach musste sich der unheimliche alte Mann Hans Schwab vorgeknöpft haben. Die SMS mit der Verabredung am Gendarmenmarkt hatte den Professor wahrscheinlich gar nicht erreicht, sondern war von diesem Booster abgefangen worden – dem Mann im schwarzen Ledermantel. Das Alter stimmte ungefähr, weit über siebzig, er hatte sich nicht so gut gehalten wie seine früheren

Freunde Florian und Hans, aber Edwina war sich sicher, der Typ, den sie gestern am Nachbartisch im Café am Gendarmenmarkt gesehen hatte, konnte nur Booster gewesen sein.

„Anton, entschuldige bitte, dass ich dich eben so angemacht habe, aber ich wurde gestern Abend selbst überfallen. Der Pokal ist weg. Und weil du wusstest, dass ich ihn bei mir hatte, und weil dein Onkel sich so für ihn interessierte, dachte ich, ihr würdet dahinterstecken. Aber da war ich wohl auf dem Holzweg."

„Scheint so", zischte Anton. Jetzt musste er die Wut in seiner Stimme unterdrücken. Edwina versuchte sich zu verteidigen. „Was hättest du denn gedacht? Auf dem Weg zur U-Bahn bin ich verfolgt worden. Mir stockt jetzt noch das Blut in den Adern, wenn ich an die Kampfmaschine denke, die hinter mir her war. Ein Tier von Frau. Muskelbepackt mit einem Furcht einflößenden Blick. Ich habe versucht, sie abzuhängen. Aber schließlich hat sie mich doch erwischt, niedergeschlagen und sich den Pokal geschnappt."

„Der Pokal ist weg?", fragte Anton entsetzt, „zu allem Unglück auch das noch!" Dann begann er laut nachzudenken: „Eine Frau sagst du?" „Ja", antwortet Edwina, „die muss der verlängerte Arm von Booster sein, seine Dame fürs Grobe.

Die beiden schwiegen einen Moment. Dann fragte Anton: „Erinnerst du dich noch, wie der Typ die beiden Kampfhunde im Café gerufen hat?" „Klar", sagte Edwina, „so etwas vergesse ich nicht. Adolf und Josef hat er die beiden Köter genannt. Ich wette, das waren die Hunde, die deinen Onkel überfallen haben."

„Sieht ganz so aus", antwortete Anton zustimmend. Plötzlich kam Leben in ihn: „Edwina, weißt du was? Ich habe eine Idee. Wenn wir die Namen der Hunde wissen, können wir vielleicht auch erfahren, wo dieser Booster wohnt, und dann ist es vielleicht gar nicht mehr schwer, Florian zu finden."

„Äh, langsam, langsam… das müsstest du mir erst noch kurz erklären", sagte Edwina etwas überrumpelt. Anton erklärte ihr seinen Plan: „Es gibt in Berlin eine Stelle, da werden alle Hundehalter geführt. Ich war mal da, um für unsere alte Nachbarin die Hundesteuer zu bezahlen. Ist auch in Mitte, gleich hinter dem Roten Rathaus. Also gar nicht weit vom Neuen Museum entfernt." „Und meinst du, die rücken so einfach die Adresse des Hundehalters heraus, wenn wir ihnen zwei Namen nennen?“ „Na, so einfach wird das nicht sein, aber dir wird schon was einfallen, da bin ich mir sicher.“

„Mir?“, fragte Edwina überrascht. „Ja, du musst da alleine hin. Solange der Zustand meines Onkels so kritisch ist, muss ich in seiner Nähe bleiben. Ist das okay? „ „Klar. Das kriege ich hin. Du musst mir nur die Adresse des Amts simsen.“ „Mach ich. Und...“, Anton machte eine kurze Pause, „bitte pass auf dich auf“. „Werd's versuchen“, sagte Edwina, steckte das Handy ein und sah sich nach ihrer Klasse um.

Bockelmeier war mit dem Pulk müde vor sich hinschlurfender Schüler bereits wieder in Richtung Ausgang unterwegs: „So meine lieben wissbegierigen Schützlinge und jetzt zum Abschluss noch ein bisschen was Moderneres: die Alte Nationalgalerie, liegt auch hier auf der Museumsinsel, da gibt es Bilder, die gerade erst mal 100 Jahre alt sind. Im Vergleich zu den Meisterwerken, die wir heute sonst gesehen haben, sind die sozusagen frisch gemalt.“ Ein Stöhnen ging durch die Klasse. „Und bitte keine Müdigkeit vorschützen, die Museumsinsel ist für die abendländische Kunst so etwas wie Disneyland für den amerikanischen Comic, da darf man nicht vorzeitig schlapp machen. Ein paar Liebermänner und Renoirs sollten wir uns schon noch gönnen.“ Vier Museen an einem Nachmittag, das war selbst für leidgeprüfte Bockelmeier-Schüler zu viel. Doch ihr Lehrer hatte kein Erbarmen. Mit erhobenem Megafon führte er die Klasse aus dem Neuen Museum hinaus, quer über die Museumsinsel, auf die Alte Nationalgalerie zu.

*1968*

Westberliner Studenten protestieren gegen den von den USA geführten Krieg in Vietnam und für politische Reformen. Der Studentenführer Rudi Dutschke wird bei einem Attentat schwer verletzt.

Edwina konnte das nur recht sein. Sie wusste, wo sich ihre Klasse den Rest des Nachmittages aufhalten würde, und konnte dann später wieder zu ihr stoßen. Da piepste es auch schon in ihrer Tasche. Laut Antons SMS war das Hundesteueramt nur zehn Gehminuten von ihrem Standort entfernt. Edwina versteckte sich in einer Häusernische, während die Klasse auf die Freitreppe der Alten Nationalgalerie zuschritt und durch die große Drehtür verschwand. Gut zehn Minuten später stand sie vor einem etwas heruntergekommenen Plattenbau, an dem ein Schild mit der Aufschrift „Bezirksamt Mitte. Amt für Hundesteuer" angebracht war.

Die Hundesteuerabteilung beschränkte sich auf ein Amtszimmer, vor dem bereits einige Leute mit Hunden in unterschiedlichen Formen, Farben und Größen warteten. Edwina zog eine Wartemarke und setzte sich dazu. So hatte sie wenigstens noch ein bisschen Zeit, sich eine halbwegs plausible Geschichte zurechtzulegen.

Als ihre Nummer schließlich auf dem großen Wand-Display erschien, betrat sie eine muffige Amtsstube mit zwei Schreibtischen, vergilbten Vorhängen und ausgetretenem Linoleum. Ihr gegenüber saß eine verkniffen dreinschauende Sachbearbeiterin, die, ohne Edwina auch nur eines Blickes zu würdigen, „Nehmen Sie Platz" murmelte. Wenn Edwina die Wahl gehabt hätte, wäre sie lieber bei der Kollegin am Schreibtisch gegenüber gelandet, die einen freundlicheren Eindruck machte. „Was kann ick für Sie... ähhh für dich tun?", fragte die Sachbearbeiterin in breitem Berlinerisch.

Edwina räusperte sich: „Bei uns in der Datschensiedlung laufen zwei streunende Hunde herum. Dobermänner, glaube ich. Jetzt schon seit vier Tagen, Mordsdinger. Die gehen mir fast bis hier." Mit treuherzigem Blick schaute Edwina die Beamtin an und zeigte mit der Hand auf ihre Brust. „Sie scheinen sehr hungrig zu sein. Da sie Maulkörbe haben, können sie ja nichts essen." Die Sachbearbeiterin sah nicht so aus, als wenn die Geschichte sie besonders interessieren würde. „Und was hab ick bitte damit zu tun?", fragte sie in genervtem Ton.

„Ich würde sie gerne ihrem Besitzer bringen", sagte Edwina. „Ich weiß zwar nicht, wem sie gehören, aber ich kenne die Namen der beiden Hunde." „Hier in Berlin gibt es 108.842 amtlich gemeldete Hunde und noch mal so viele, die keene Hundesteuer zahlen. Kindchen, du glaubst doch nicht im Ernst, wir würden hier irgendwelche Hunde beim Namen kennen." Sie schüttelte missbilligend den Kopf und schaute zu ihrer Kollegin herüber. Der Fall schien für sie erledigt. Doch bevor sie den Knopf drücken konnte, der die nächste Nummer aufrief, warf Ed ein: „Sie heißen Adolf und Josef und sehen auch richtig gemein aus, wie Adolf Hitler und Josef Stalin. Würde mich nicht wundern, wenn ihr Besitzer ihnen absichtlich diese Namen gegeben hat."

„Adolf und Josef? Moment mal." Die zweite Sachbearbeiterin sah von ihrem Computer auf. „Carola, so heißen doch die Hunde von diesem Verrückten, der uns immer Ärger wegen des Maulkorbgesetzes macht." Edwinas Sachbearbeiterin schaute stumpf zu ihrer Kollegin hinüber, aber immerhin zögerte sie, den Knopf für die nächste Nummer zu drücken. „Der mit der Tochter, die so aussieht, wie 'ne sowjetische Gewichtheberin", versuchte ihre Kollegin ihr auf die Sprünge zu helfen. „Dem haben wir doch erst letzte Woche mal wieder eine Verwarnung rausgeschickt."

Ja genau die, wollte Edwina sagen. Die Walküre war also Boosters Tochter, wie interessant. Aber sie durfte sich natürlich nicht anmerken lassen, dass sie Booster und sein Töchterchen kannte. „Warte", sagte die Frau vom Nachbarschreibtisch zu Edwina gewandt. „Ich suche dir schnell die Adresse raus."

Wenige Minuten später stand Edwina mit stolzgeschwellter Brust auf der Straße. Lügen konnte sie, daran gab es keinen Zweifel. Die Sachbearbeiterin hatte ihr sogar noch einen Bonbon angeboten und ihren Einsatz für den Tierschutz gelobt. Gunter Wax. Kiebitzweg 17, Berlin-Pankow stand auf dem Zettel, den Edwina in ihren Händen hielt. Gunter Wax. Das war also Boosters richtiger Name. Gunter Wax? Irgendwo war ihr dieser Namen in den letzten Tagen schon einmal begegnet. Aber wo? Nun, darüber konnte sie auch noch später nachdenken. Jetzt griff Edwina erst einmal zum Handy, um Anton von ihrer erfolgreichen Mission zu berichten. Doch da hatte sie wieder nur das Band an der Strippe. Anton war bestimmt noch bei seinem Onkel im Krankenhaus. Edwina hinterließ eine Nachricht und sprach auch Boosters Adresse auf das

Band. Hoffentlich würde er sich schnell melden, dann könnten sie gemeinsam überlegen, was zu tun war.

Edwina machte sich auf den Weg zurück in die Alte Nationalgalerie. Wenn nur Bockelmeier mit seiner verdammten Aufsichtspflicht nicht wäre. Zu gerne hätte sie jetzt einen kleinen Abstecher nach Pankow gemacht. Vielleicht hatte Bockelmeier ihre Abwesenheit noch gar nicht bemerkt? Edwina hielt im Laufen inne. Ja, das war es: Sie musste ihn einfach selbst drauf aufmerksam machen und sich so noch ein weiteres Zeitfenster freischaufeln. Edwina griff zum Handy und wählte die Nummer ihres Lehrers.

„Bockelmeier am Apparat", erklang seine sonore Stimme. Edwina versuchte erschöpft und niedergeschlagen zu klingen: „Hallo, hier spricht Edwina. Wo sind Sie denn? Ich stand vorhin auf der Museumsinsel plötzlich ganz alleine da und konnte die Klasse nicht mehr finden. Da bin ich ins Jugendhotel gefahren, weil ich dachte, dass Sie bestimmt auch zurückgefahren sind. Aber hier ist niemand." „Edwina, wie alt bist du noch mal?", fragte ihr Lehrer genervt. „Hättest ja auch gleich mal anrufen können? Wir waren doch nur eben um die Ecke in der Alten Nationalgalerie."

„Ich wollte ja anrufen, aber der Akku meines Handys war alle. Jetzt lade ich es gerade wieder auf". Betont ermattet setzte sie hinzu: „Soll ich denn noch zu Ihnen in die Nationalgalerie kommen?" „Ne, lass gut sein Edwina, leg mal schön die Füßchen hoch, in der Küche wird man dich mit Stullen versorgen. Wir werden unterwegs einen original Berliner Döner essen und sind erst gegen acht Uhr wieder da. Kannst ja ein paar Latein-Vokabeln büffeln, wenn dir langweilig ist." „Bin schon dabei", gab Edwina schlagfertig zurück, drehte sich um und steuerte schnurstracks die U-Bahn-Haltestelle vor ihr an.

## 1979

Kaffee, Jeans und viele andere Dinge sind in der DDR Mangelware. Wer Glück hat, bekommt sie per Post von Verwandten im Westen. Jährlich erreichen bis zu 2,5 Millionen West-Pakete die DDR.

14. Kapitel

# In der Höhle des Löwen

Boosters Adresse in ihrer Tasche und das unverhofft lange Alibi bei Bockelmeier hatten Edwina fast automatisch in Bewegung gesetzt. Ohne lange darüber nachzudenken, lief sie immer zwei Stufen auf einmal nehmend die Treppe zur U-Bahn-Station Alexanderplatz hinunter. Anton hatte sich noch nicht gemeldet, aber er würde sicher gleich anrufen und konnte sich dann auch auf den Weg nach Pankow machen. „Kiebitzweg 17", ununterbrochen wiederholte Edwina die Adresse in ihrem Kopf. Sie spürte: Wenn Florian noch lebte würde sie ihn dort finden. Wenn, ja wenn es nicht schon zu spät war. Fünf Tage waren seit seinem Verschwinden vergangen. Fünf Tage, in denen Edwina Stück für Stück Teile eines Puzzles zusammengefügt hatte, die langsam begannen, die Umrisse einer Geschichte zu ergeben.

Hastig schritt sie die unterirdische Ladenzeile entlang in Richtung Bahnsteig nach Pankow. Flüchtig sah sie dabei aus dem Augenwinkel ihr Spiegelbild im Schaufenster. Was sich dort spiegelte, war das Bild eines schlaksigen 13-jährigen Mädchens mit Basecap und braunem Pferdeschwanz. Der zufällige Blick auf ihr wirkliches Ich rüttelte sie wach und sie verlangsamte ihren Schritt. Hatte sie da nicht mal wieder was übersehen? Richtig, sie war ja gar kein weiblicher James Bond mit Kampfausbildung und goldenem Colt. Sie war kein kaltschnäuziger Privatdetektiv aus einem ihrer Kriminalromane. Nein, sie war ein zwar durchaus mutiges, aber trotzdem erst 13-jähriges Mädchen. Was sollte sie im Kiebitzweg 17 gegen Booster und sein zentnerschweres Töchterchen ausrichten? Edwina ließ sich auf einer Bank auf dem U-Bahnsteig nieder.

„Wir fangen erst nach zehn Tagen an zu suchen und dann auch nur, wenn eine Vermisstenmeldung vorliegt“, hörte sie den Polizisten mit den schmierig zurückgekämmten dunklen Haaren sagen. „Mach dir mal keine Gedanken, Herr Schimmelpfennig wird schon wieder auftauchen, und bis dahin lass uns mal schön unsere Arbeit machen, es gibt für die Polizei in Berlin nämlich noch jede Menge andere Sachen zu tun.“

Edwina überlegte. Mittlerweile hatte sie wirklich eine ganze Menge Indizien gesammelt. Wäre es nicht richtig, damit jetzt aufs nächste Polizeirevier zu gehen? Aber würde man ihr dort wirklich zuhören und eine große Suchaktion in die Wege leiten? Vielleicht. Aber es würde auf jeden Fall lange dauern, denn eins wusste Edwina: Bevor sich die Polizei in Bewegung setzte, mussten handfeste Beweise vorliegen.

Ein Zug Richtung Pankow fuhr auf den Bahnsteig ein. Die Türen öffneten sich, und als sich wenige Sekunden später die Türen hinter ihr schlossen und der Zug sich in Bewegung setzte, war die Entscheidung gefallen. Edwina war unterwegs zu Gunter und Tamara Wax und zu der Antwort auf all die Fragen, die sich in den letzten Tagen in ihr angehäuft hatten.

Es dämmerte schon, als sie den Kiebitzweg entlanglief. In der Ferne hörte sie ein Donnergrollen. Edwina blickte nach oben. Am Abendhimmel zogen dunkle Wolken auf. Nummer 17 war ein großes, von einer hohen Mauer umgebenes Grundstück. Sie musterte die Mauer und sah sofort scharfe Glasscherben, die in den Mauerabschluss eingelassen waren. Die Zufahrt war von einem dicken Eisentor versperrt, an massiven Betonpfosten prangte ein großes Schild, auf dem zwei Hunde ihre Zähne bleckten. Gäste waren hier eindeutig unerwünscht. Einen Augenblick stand Edwina ratlos vor dem abweisenden Grundstück. Eine James-Bond-Ausrüstung hätte sie jetzt wirklich gut gebrauchen können. Der Himmel sah düster aus, das Grollen aus der Ferne kam langsam näher. Edwina spürte das Kribbeln einer Gänsehaut auf ihren Armen und Beinen.

Genau in diesem Augenblick bog eine schwarze Limousine um die Ecke. Schnell drückte sich Edwina in eine Mauernische direkt neben dem Torpfosten, gerade noch rechtzeitig, um vor dem grellen Scheinwerferlicht auszuweichen. Das Auto verlangsamte die Fahrt, das Fahrerfenster wurde heruntergelassen und ein Sender auf das Eisentor gerichtet. Edwina hörte ein leises Piepen, dann schwang das mächtige Eisentor mit surrendem Geräusch langsam auf. Der Wagen glitt hinein und verschwand in der Dunkelheit des Grundstückes. Edwina atmete erleichtert auf. Das Summen verstummte für einen kurzen Augenblick, setzte jedoch sofort wieder ein, als das Tor sich langsam wieder schloss. Das war Edwinas Chance. In zwei Schritten war sie beim Tor und sprang in letzter Minute durch den schmalen Spalt hindurch, bevor das Tor wieder mit einem dumpfen Klicken zufiel.

## 1989

Am Abend des 9. November werden neue Reiseregelungen für DDR-Bürger bekannt. Tausende Bürger strömen zu den Grenzübergängen. Der Übergang Bernauer Straße wird als Erstes geöffnet. Berliner aus Ost und West steigen auf die Mauer und liegen sich in den Armen.

Vor ihr lag ein düsteres Betongebäude. An seiner rechten Seite schloss sich eine große Garage an, in deren rechten Teil die Limousine gerade einparkte. Die Waxens schienen keine Romantiker zu sein. Der Rasen um das Grundstück war penibel kurz geschnitten, weder Blumen noch Sträucher waren zu sehen. Das Ganze erinnerte mehr an eine alte Kaserne als an ein Wohnhaus, im Hintergrund sah Edwina einen alten camouflagefarbenen Kastenwagen, daneben ein zweites, unförmiges, von einer Plane bedecktes Fahrzeug. Die Form erinnerte sie an einen Panzer. Das fing ja gut an.

Flach auf dem Rasen liegend schaute Edwina sich weiter um. Die Hunde schienen zum Glück nicht draußen Wache zu halten, trotzdem war äußerste Vorsicht geboten. Die Tür der Limousine öffnete sich, dann sah sie eine stämmige Silhouette, die ihr vom gestrigen Abend noch in bester Erinnerung war. Wax' Tochter ging mit schwerem Gang auf die andere Seite des Wagens und öffnete die Beifahrertür. Als sie ihrem Vater den Arm reichen wollte, schob er diesen mit schimpfendem Gemurmel unwirsch zur Seite. Ein paar Sekunden später waren die beiden im Haus verschwunden, und in dem grauen schmucklosen Gebäude gingen die Lichter an. Edwina schlich sich vorsichtig heran. Alles war etwas heruntergekommen, an der Fassade bröckelte der Putz. Eines der dreckigen Kellerfenster war zersprungen. Edwina schlich noch näher und langte vorsichtig durch das Loch in der Scheibe. Tastend fand sie den Griff, um das Fenster von innen zu öffnen. Langsam, jedes Geräusch vermeidend, schob sie das Fenster nach innen auf. Wenige Augenblicke später stand sie in einem dunklen Kellerraum.

Hier standen jede Menge Kartons und Kisten, die ihrer Beschriftung zufolge Dynamit, TNT und andere Sprengstoffe enthielten. Natürlich – Edwina schnalzte leise mit der Zunge –, Booster, das bedeutete auf Englisch doch so was ähnliches wie „sprengen, explodieren". Daher hatte Wax also seinen Spitznamen. Dieser Leidenschaft schien er bis heute zu frönen, deshalb hatte er auch Florians Wohnungstür nicht elegant mit einem Dietrich geöffnet, sondern aufgesprengt.

Vorsichtig tastete sich Edwina im Dunkeln voran und kam zu einem langen Flur, in dem eine rot schimmernde Notbeleuchtung schwaches Licht spendete. So musste es in einem Luftschutzkeller aussehen. Zu beiden Seiten des Flures standen Regale mit Kisten voller Handgranaten, Panzerfäusten und Schlagstöcken. An den Wänden hingen Großkaliberwaffen und Kalaschnikows, gebrauchsbereit mit gefüllten Patronengürteln. Nach Zusammenbruch der DDR waren große Bestände der DDR-Truppen in dunklen Kanälen verschwunden. Einen beachtlichen Teil dieser NVA-Ausstattung schien sich Gunter Wax gesichert zu haben.

Auf Zehenspitzen schlich Edwina an dem Waffenarsenal vorbei. Plötzlich zuckte sie zusammen. Ganz in der Nähe, über ihr im Erdgeschoss, hörte sie eine keifende Frauenstimme. Wax und seine Tochter schienen in einen heftigen Streit verwickelt. Edwina wagte kaum zu atmen, während sie sich an der Wand entlang auf eine Treppe zubewegte. Am Fuße der Treppe blieb sie stehen und lauschte.

„Ich hab die Schnauze voll; an deiner Geschichte ist einfach nichts dran", hörte sie Tamaras sich überschlagende Stimme. „Was – du vertraust mir nicht?", entgegnete ihr Vater höhnisch. „Das Denken, liebe Tamara, solltest du doch wohl lieber mir überlassen. Bisher sind wir mit dieser Arbeitsteilung immer gut gefahren." Tamara, das war also der Name der weiblichen Kampfmaschine. „Ich überlasse dir gar nichts mehr", fiel Tamara ihm ins Wort, „ich habe lange genug getan, was du mir befohlen hast. Jetzt ist Schluss damit. Ein für alle Mal. Was für eine Geschichte du und deine kleinen Freunde sich nach dem Krieg auch immer zusammengesponnen haben, ich glaube mittlerweile, dass gar nichts dahintersteckt." Sich immer mehr in Rage redend fuhr sie fort: „Heute Morgen habe ich Florian noch einmal richtig in die Mangel genommen, und was ist dabei herausgekommen? NICHTS! Ich sage dir: Der hat keinen blassen Schimmer. Den Schlüssel zu den angeblich unermesslichen Schätzen kennt der genauso wenig wie wir, und der Pokal, den ich der kleinen Göre gestern abgenommen habe, ändert daran auch nichts. Der Typ sitzt vor dem Zeug, starrt es an und nichts passiert. Jetzt ist Schluss."

Der letzte Satz wurde von einem donnernden Schlag begleitet. Anscheinend hatte Tamara mit voller Wucht auf einen harten Gegenstand geschlagen. „Vergiss nicht, in wessen Haus du bist und mit wem du redest." Jetzt war es an der Reihe des Vaters, zu brüllen.

„Oh, ich weiß ganz genau, in wessen Haus ich bin – im Haus eines senilen Trottels, dessen Hirngespinsten ich geglaubt habe und der die ganze Chose längst nicht mehr unter Kontrolle hat. Nach der Sache mit den Hunden gestern Abend im Grunewald würde es mich nicht wundern, wenn wir hier bald auch noch die Polizei am Hals hätten."

Ein weiterer lauter Knall folgte. Glas zersprang und Holz zerbarst. Edwina konnte sich vorstellen, wie Wax jetzt mit seinem Gehstock blind vor Wut um sich schlug. „Hör auf!", kreischte Tamara panisch. „Senile Hirngespinste?!", brüllte Wax. „Das, was wir suchen, ist wertvoller als alle bisher entdeckten Nazigold-Verstecke zusammen. Aber das kannst du dir in deinem Spatzenhirn natürlich nicht vorstellen. Ich weiß, wovon ich rede. Irgendwo hier lagern Gold und Kunstwerke von unschätzbarem Wert. Sind sie erst mal in unseren Händen, können wir dafür jedes Geld der Welt verlangen." Jetzt war wieder Tamara an der Reihe: „Wenn, wenn, wenn. Such doch allein weiter." Dann flog eine Tür donnernd ins Schloss und jemand entfernte sich stampfenden Schrittes.

Edwina stand unbeweglich da und wagte kaum zu atmen. Sie blickte vorsichtig in Richtung des Kellerfensters, durch das sie eben eingestiegen war. Am liebsten wäre sie gleich wieder verschwunden. Aber nachdem, was Tamara eben gesagt hatte, konnte sie jetzt nicht zurück: Florian war in diesem Haus und sie musste ihn finden. Vorsichtig spähte sie den Gang die andere Richtung entlang, auch hier standen zu beiden Seiten Regale mit Kisten, doch am Ende konnte sie einen leichten Lichtschein erkennen. Geräuschlos einen Schritt vor den anderen setzend ging sie weiter, bis sie vor der Tür stand, unter der ein Lichtstrahl hervorschien. Edwina nahm allen Mut zusammen und drückte sachte die Klinke nach unten. Abgeschlossen. Sie tastete nach dem Schloss. Der Schlüssel steckte. Ihr Herz schlug wild, während sie den Schlüssel langsam im Schloss herumdrehte. Die Tür öffnete sich und vor ihr lag ein weiterer schmaler Gang, der in einen halbdunklen Raum mündete. Er wirkte wie eine Garage, an einer Seite gab es ein großes Metalltor, an den Wänden hingen Pläne und Landkarten. Das einzige Fenster war von innen mit Holzplanken verbarrikadiert. Dort an der Wand, im Schein einer schwachen

Glühbirne, die von der niedrigen Decke hing, saß auf einem alten Bettsofa Florian Schimmelpfennig.

Ungläubig starrte er Edwina an. Dann erhob er sich und kam mit hinkenden Schritten eilig auf sie zu: „Was um Himmels willen machst du hier?“, entfuhr es ihm, während er sie erleichtert umarmte. Hastig legte Edwina ihren Finger auf den Mund. „Haben sie dich auch entführt?“, fragte er flüsternd. „Nein“, erwiderte Edwina“, ich bin durchs Kellerfenster eingestiegen, niemand weiß, dass ich hier bin.“ Sie grinste: „Am liebsten wäre mir, wenn das auch so bliebe.“ Hastig griff sie Florian am Arm und sagte: „Komm, wir müssen schnell raus hier.“

Die letzten Tage hatten schlimme Spuren an Florian hinterlassen. Er war blass, hatte eine dicke Prellung unter dem linken Auge und eine blutverkrustete Wunde am Kinn. Immer noch ungläubig streichelte er Edwinas Arm. „Gott sei Dank, dass du unverletzt bist. Nachdem Tamara mir den Pokal gezeigt hatte, wusste ich, dass sie dich erwischt haben musste. Ich habe mir solche Vorwürfe gemacht. Niemals hätte ich dich in so große Gefahr bringen dürfen.“

Edwina blickte sich hektisch zur Tür um und mit gespielt lässiger Stimme sagte sie: „Ich hätte auch lieber auf die Begegnung mit ihr verzichtet, aber jetzt müssen wir erst mal sehen, dass wir hier rauskommen. Kannst du laufen?“ Sie bemerkt, dass er humpelte. „Wenn du mich stützt, wird es schon gehen. Tamara und Wax haben versucht, das Geheimnis aus mir rauszuprügeln, dabei ist mindestens eine Rippe draufgegangen. Gestern hat es höllisch wehgetan, heute geht es schon wieder. Aber bevor wir gehen, sollten wir noch eine Kleinigkeit einpacken.“

Edwina schaute Florian fragend an. Statt eine Antwort zu geben, ging er auf einen in die Wand eingelassenen Schrank zu. Er öffnete die massiven Stahltüren und winkte Edwina heran. Sie schob eine der Türen auf und konnte ihren Augen kaum trauen. Auf den Regalböden lagen goldene Ketten und Diademe, Armreifen und Ohrringe, manche schlicht, andere reich mit Anhängern und Goldperlen verziert, daneben mehrere Dutzend gewundene Goldringe. Zwei schlichte Becher standen zuoberst. Und zwischen ihnen prangte ihr Pokal. Kein Zweifel, vor ihr lag der Schatz des Priamos!

15. Kapitel

# Gefangen in Pankow

„Der Schatz des Priamos!“, stammelte Edwina. In den letzten Tagen hatte sie genügend Abbildungen gesehen, um sicher zu sein: Vor ihr lag der Schatz, den Schliemann einst in Troja gefunden hatte.

„Du scheinst dich ja schlaugemacht zu haben“, sagte Florian anerkennend, während er eine schwere Holzkiste heranschob und begann, die einzelnen Schatzteile eilig auf die perfekt in die Kiste passenden Samttabletts zu legen.

„Es blieb mir ja gar nichts anderes übrig“, antworte Edwina, die nur langsam ihre Fassung wiedergewann. „Dass ein gewisser Florian Schimmelpfennig ganz plötzlich verschwunden war, schien außer mir niemanden zu kümmern. Nicht einmal die Polizei wollte sich auf die Suche nach dir machen. Da habe ich selbst angefangen, ein paar Nachforschungen anzustellen. Ich war sogar in euerm Versteck in Clärchens Ballhaus.“ Sie warf Florian einen triumphierenden Blick zu. „Das gibt es noch?“, fragte der überrascht. „Ja, zurzeit wohnen da jede Menge Fledermäuse, muss man sich erst dran gewöhnen. Aber dann fand ich es ganz gemütlich, und eure Aufzeichnungen waren auch interessant.“ Florian hielt für einen Moment inne und schaute sie staunend an. Edwina konnte es nicht lassen, noch eins daraufzusetzen: „Alles Weitere über den Schatz des Priamos habe ich in der Staatsbibliothek erfahren. Booster, Kroko und Flo: die Schatzhüter. Ich frage mich bloß, wie ihr drei Steppkes damals an den Schatz gekommen seid.“

„Steppkes?“ – Florian schnappte nach Luft. „Ich war damals mindestens so alt wie du.“ Unbeirrt fuhr Edwina fort: „Karl Schimmelpfennig war dein Vater, nicht? Der hatte was mit der Geschichte zu tun, oder?“ Florian kam aus dem Staunen gar nicht mehr raus. „Respekt, Respekt, kleines Fräulein, wie hast du das nur herausbekommen. Ich will alles wissen, aber später, jetzt hilf mir bitte beim Einpacken, erzähl mir die ganze Geschichte, wenn wir Booster und sein Töchterchen ein paar Meilen hinter uns gelassen haben.“

Als hätten Wax und Tamara sie gehört, erklangen aus dem oberen Stockwerk erneut Stimmen. Ängstlich schauten Edwina und Florian sich an und hielten inne. Erst als die Geräusche wieder verstummten, fuhren sie mit dem Einpacken fort.

„Die beiden sind vorhin ganz schön aneinandergeraten“, flüsterte Edwina, während sie Ringe und Armreifen auf ein Tablett legte. „Es ging um ein Geheimnis, das angeblich hinter dem Schatz steckt. Tamara hat ein riesiges Theater gemacht. Sie hat Wax beschuldigt, Hirngespinsten nachzuhängen, denn auch du hättest trotz des Pokals das Rätsel nicht lösen können. Was für ein Rätsel?“

**1990**

Der Wiederaufbau Ost beginnt. Über 40 Jahre nach Kriegsende gibt es in Ost-Berlin an jeder Ecke noch Einschusslöcher. 60 % aller Wohnungen haben keine eigene Toilette.

Florian hielt inne und schaute Edwina an. Dann sagte er leise: „*Schweige. Hüte. Suche. Vollende, was ich begonnen habe und meine Taten werden wieder rein.*" Er machte eine Pause und fuhr dann fort: „*Wisse, der Schatz ist größer, als er erscheint. Das Auffällige ist manchmal das Unauffällige.*

*Blicke in den Kelch der Weisheit, dann wird dir die Ilias ein zweites Mal den Weg weisen.*" „Mein Vater hatte eine Schwäche für griechische Versmaße und hat sich für mich immer Rätsel ausgedacht. Eigentlich arbeitete er in der Antikensammlung, aber dann, kurz vor Kriegsende, wurde er in eine Sonderabteilung von Hermann Göring versetzt, und ich habe ihn wochenlang nicht zu Gesicht bekommen. Dann kam plötzlich ein Brief, in dem er mich und meine Freunde bat, diese Kiste aus dem Reichsluftfahrtministerium zu holen. Für Booster waren solche Sachen schon damals nichts Besonderes. Mein Vater allerdings, der war sonst immer absolut korrekt, dass er uns aufforderte etwas zu stehlen, habe ich von Anfang an nicht verstanden. Aber, wir haben es trotzdem getan. Die Zeiten waren halt so. Wir holten die Kiste aus dem Reichsluftfahrtministerium und fanden dann einen weiteren Brief mit diesen rätselhaften Zeilen. Bis heute weiß ich nicht, was mein Vater mir mit seiner letzten Nachricht sagen wollte. „Vollende, was ich begonnen habe ..." Mein ganzes Leben lang habe ich versucht, das Rätsel zu lösen. Aber vergeblich, selbst jetzt, wo der Schatz nach so vielen Jahren erstmals wieder als Ganzes vor mir liegt.

Zu gerne hätte Edwina mehr erfahren. Aber jetzt war keine Zeit für weitere Fragen. Sie mussten hier raus, so schnell wie möglich. Das Rätsel würden sie an einem anderen Ort sehr viel besser knacken können. Edwina griff nach dem Pokal und legte ihn zuoberst in die Kiste. Aber die Verse gingen ihr nicht aus dem Kopf. „*Das Auffällige ist manchmal das Unauffällige. Blicke in den Kelch der Weisheit, dann wird dir die Ilias ein zweites Mal den Weg weisen.*" „Das Auffälligste ist manchmal das Unauffällige", murmelte Edwina leise vor sich hin. Welchen Weg hatte die Ilias zum ersten Mal gewiesen? Sie hatte Schliemann dazu veranlasst, genau dort nach der historischen Stadt Troja zu suchen, wo Homer sie beschrieben hatte. Nochmals nahm Edwina den Kelch in die Hand. Er war wunderschön. Die Proportionen waren einfach perfekt. Zu dumm nur, dass die Museen immer diese hässlichen Nummern auf die kostbaren Exponate malen mussten. Edwina schloss die Augen. Da war doch was. Ein Gedanke huschte durch ihren Kopf, so schnell, dass er auch schon wieder verschwunden war. Mist. Doch als Edwina die Augen wieder öffnete, blieb ihr Blick an der Inventarnummer am Fuße des Pokals hängen. 3'27 56'80 G. Irgendwas war falsch daran. Nur was?

Natürlich! Plötzlich durchzuckte es sie. Hastig griff sie in die Kiste nach dem erstbesten Schmuckstück: einem dicken Goldring. Die in weißer Lackfarbe aufgetragene Inventarnummer lautete A876749. Auch die Nummern der nächsten drei Objekte fingen alle mit A an. Nur der Pokal hatte eine 3 am Anfang. Konnte es sein, dass das etwas zu bedeuten hatte? War die Inventarnummer des Pokals ein Code? Ein Code, dessen Schlüssel die Ilias war?

Diese Inventarnummern hatte sie in den letzten Tagen doch schon einmal woanders gesehen. Schnell holte sie ihr Handy aus der Hosentasche. Die Fotos, die sie in der Staatsbibliothek gemacht hatte, die Liste aus dem Flakturm. Sie fand das Bild mit der Ausgangsliste. Alle ausgeliehenen Gegenstände waren mit ihren Inventarnummern verzeichnet. Alle begannen mit A und es fand sich keine einzige 3'27 56'80 G darunter!

Florian hatte während der ganzen Zeit still neben ihr gestanden, ohne ihre Aufregung zu verstehen. Jetzt begann Edwina hastig zu erklären: „Die Inventarnummern auf dem Pokal", begann sie atemlos, „ich war in der Stabi und habe das Eingangs- und Ausgangsbuch des Flakturm Zoo eingesehen. Für den Pokal tauchen zwei unterschiedliche Nummern auf. Dein Vater hat den Schatz für zwei Wochen ausgeliehen, anschließend kam der Pokal mit geänderter Inventarnummer zurück. Warum? Ich bin sicher, dass dein Vater die neue Nummer angebracht hat und dir damit eine versteckte Nachricht zukommen lassen wollte: *„Blicke in den Kelch der Weisheit, dann wird dir Ilias ein zweites Mal den Weg weisen.“* Florian blickte Edwina wie elektrisiert an. Im nächsten Moment griff er auch schon nach der alten zerfledderten Ausgabe der Ilias, die neben der Holzkiste lag.

„Das muss es sein, mein Vater hat mir früher schon Nachrichten in Zahlencodes geschickt. Die Ziffern weisen auf bestimmte Seiten und Zeilen in der Ilias hin!“ Hektisch suchte Florian nach einer bestimmten Seite und zählte mit dem Zeigefinger Zeilen und Worte ab. „Seite 3, Zeile 2, Wort 7... Versteck“, las er begeistert vor. „Seite 5, Zeile 6, Wort 8... Linie“, diktierte er jetzt Edwina, die auf einem Blatt mitschrieb.

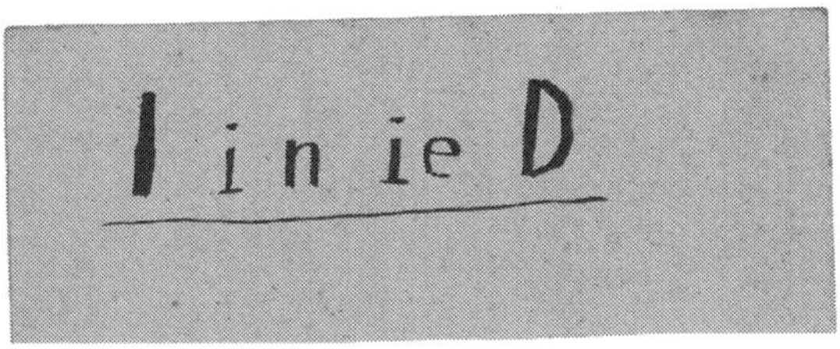


Vor Aufregung war Farbe in Florians fahles Gesicht gekommen. Mit leuchtenden Augen sah er Edwina an: „Ich weiß zwar noch nicht was das bedeutet, aber wie ich meinen Vater kenne, bergen sie die Lösung des Rätsels.“

In diesem Augenblick unterbrach ein lautes rhythmisches Klingeln die Stille der Nacht. Edwina zuckte zusammen. Ihr Handy! Warum hatte sie nur vergessen, es lautlos zu stellen? Es musste irgendwo tief vergraben in ihrem Rucksack liegen. Während das verräterische Klingeln in ihren Ohren dröhnte, fingerte Edwina fieberhaft zwischen dem Krimskrams in ihrem Rucksack herum. Endlich hatte sie das Handy ertastet, vielleicht war es Anton, sie drückte auf die Gesprächstaste.

Doch es war zu spät. Schon hörte sie schnelle, schwere Schritte auf dem Flur, und keine Sekunde später kamen Tamara und Gunter Wax durch die Tür gehechtet.

Tamara sah noch größer und furchterregender, aus als Edwina sie in Erinnerung hatte. Beide Arme in die Hüften gestemmt funkelten ihre Augen wütend aus dem teigigen Gesicht heraus. Neben Tamara stand Booster mit einer geladenen Schrotflinte, deren Lauf direkt auf Edwina gerichtet war. „So, wen haben wir denn da?“ Tamaras Stimme klang so schneidend kalt, dass Edwina zusammenzuckte.

„Unsere Freundin mit dem Pokal. Zu schade, dass du ihn auch diesmal nicht mit nach Hause nehmen wirst. Sofern du überhaupt noch mal nach Hause kommst."

Ihr Blick fiel auf das Papier in Edwinas Hand, doch bevor Edwina etwas tun konnte, hatte Tamara ihr den Zettel entrissen. Tamara warf einen Blick darauf, runzelte erst leicht verwundert die Stirn und brach dann in bösartiges Gelächter aus. Zu Edwina gewandt sagte sie: „Na bitte, da hat sich dein Besuch dann ja doch gelohnt." Grinsend gab sie den Zettel an ihren Vater weiter.

Der alte Wax warf nur einen Blick drauf und war sofort im Bilde: „Linie G, damit muss die halb fertig gebaute U-Bahn-Linie unter dem Achsenkreuz im Tiergarten gemeint sein. Wurde von den Nazis nie fertig gebaut, aber Bahnsteige und Tunnel gibt es heute noch. Wenn ich mich recht erinnere, dann ist der Einstieg ..." Er hielt inne und schritt auf einen an der Wand hängenden alten Stadtplan von Berlin zu, suchte ihn ab und murmelte dabei: „Das Auffällige ist manchmal das Unauffällige." Mit dem Finger deutete er auf eine Stelle und sagte dann zu Florian gewandt: „Wie recht dein alter Herr doch hatte. Du erinnerst dich an den Lkw, mit dem wir in jener Nacht aus dem Reichsluftfahrtministerium herausgefahren sind? Der fuhr in Richtung Achsenkreuz. Alle Kisten waren offensichtlich für Görings Versteck bestimmt. Und dort, wo der Laster zum Stehen kam und wir heraus gesprungen sind – das war an dieser Tempelhalle am Großen Stern. Da muss das Einstiegsloch zur Linie G sein. Welch ein Jammer, dass du den Schatz, den dein Papa für dich reserviert hat, niemals in die Hände bekommen wirst." Noch höhnischer fügte er hinzu: „Und das, obwohl du doch immer so ein guter Sohn gewesen bist."

Florian hatte sich während der letzten Minuten nur mühsam beherrschen können. Doch bei den letzten Sätzen fühlte er eine solch unbändige Wut in sich aufsteigen, dass er reflexartig hochfuhr und Wax mit der Kante seiner rechten Hand ins Gesicht schlug. Dieser torkelte ein paar Schritte zurück. Im gleichen Moment war auch schon Tamara zur Stelle und mit ein paar gezielten Karateschlägen setzte sie Florian außer Gefecht. Das Ganze ging so schnell, dass Edwina erst begriff, was geschehen war, als Florian neben ihr auf den Boden zusammensackte.

Fünf Minuten später hatte Tamara Florian und Edwina an ein Heizungsrohr in der Garage gefesselt. Zuvor hatte sie es sich nicht nehmen lassen, Edwinas Handy genussvoll zu zertreten. „Nur damit du nicht auf dumme Gedanken kommst", sagte sie und mit einem Blick auf den immer noch bewusstlosen Florian fügte sie spöttisch hinzu: „Der wird dir ebenfalls nichts nützen."

Dann öffnete sie die Verbindungstür zur anderen Garagenhälfte. Dort lagen leise schnarchend die beiden großen Dobermänner. „Wir mussten ihnen nach ihrem aufregenden Einsatz im Grunewald ein Beruhigungsmittel verabreichen", sagte Wax böse grinsend. „Aber wenn sie aufwachen, werden sie erfreut sein, Gesellschaft zu haben. Schließlich haben sie seit gestern Abend nichts mehr gefressen." Er tätschelte liebevoll die beiden Bestien und folgte dann seiner Tochter in den Garten.

Edwina schloss die Augen. Ihre einzige Hoffnung bestand darin, dass sie vorhin die richtige Taste auf ihrem Handy gedrückt hatte und dass jemand – wer auch immer am anderen Ende der Leitung gewesen war – mitbekommen hatte, dass sie in Lebensgefahr war.

16. Kapitel

# Showdown am Achsenkreuz

Kaum war Anton mit seinen Eltern aus der Charité nach Hause zurückgekehrt, hatte er Edwina angerufen. „Edwina, hallo Edwina, bist du dran?“, hatte Anton immer wieder in sein Handy hineingerufen, doch vom anderen Ende der Leitung erklang nur ein Wirrwarr undefinierbarer Geräusche. Als er gerade aufhängen wollte, vernahm er eine keifende weibliche Stimme: „So, wen haben wir denn da? Unsere Freundin mit dem Pokal.“ Dann hörte er Edwina fluchen. Er war also doch nicht falsch verbunden. Edwina schien in Gefahr zu sein. Fest presste er das Telefon an sein Ohr, um nur ja kein Wort zu verpassen. Er ahnte, dass sich die Szene, deren unfreiwilliger Zeuge er war, im Kiebitzweg 17 abspielte. Das war doch unglaublich von diesem Mädchen, sich einfach ohne ihn auf den Weg zu machen. Und jetzt war sie in Gefahr!

Aufgeregt hörte Anton der Unterhaltung am anderen Ende der Leitung zu. Edwina hatte das Geheimnis des Schatzes gelöst. Es gab tatsächlich noch ein weiteres Versteck. Mitten in Berlin, in einem alten stillgelegten U-Bahn-Schacht, unter dem „Achsenkreuz“. Noch während er mithörte, googelte er „Achsenkreuz“ auf seinem Computer. Dann brach die Verbindung ganz plötzlich ab. Anton bekam gerade noch den höhnischen Kommentar Tamaras über die schlafenden Dobermänner mit, dann war nach einem abrupten Krachen die Leitung tot.

Was sollte er jetzt tun? Rasch raffte er ein paar Sachen zusammen, die ihm irgendwie zunutze sein konnten. Eine Taschenlampe, seinen

Baseballschläger, ein Messer und ein großes Paket Fleisch und Aufschnitt aus dem Kühlschrank. Dazu noch ein paar Ausdrucke, die Google zum Thema Achsenkreuz ausgespuckt hatte. Mit seinem Rucksack voller Utensilien rannte er aus der Wohnung in den Hof, wo sein Fahrrad stand. Von Friedrichshain, wo Anton mit seinen Eltern wohnte, bis Pankow waren es zum Glück nur zehn Minuten.

Tamara und Gunter Wax waren in solcher Eile aufgebrochen, dass sie das Tor zu ihrem Grundstück offen gelassen hatten. Es war schon fast Mitternacht und das ganze Villenviertel schien zu schlafen. Plötzlich ertönte aus der Richtung der niedrigen Doppelgarage ein zorniges Bellen. Dort mussten auch Edwina und Florian eingesperrt sein. Hoffentlich war er noch nicht zu spät!

Sachte drehte Anton den Knauf des Garagentors nach rechts. Die Tür ließ sich eine Handbreit nach oben schieben. Er beugte sich zu dem Spalt hinunter und lugte hindurch: Im Licht der Notbeleuchtung sah er Edwina und einen ziemlich mitgenommen aussehenden älteren Mann. Beide waren an einen dicken Stahlträger gefesselt und wurden von zwei aufgeregt kläffenden Dobermännern umkreist.

Wie gut, dass er an eine Kleinigkeit für die Hunde gedacht hatte. Mit zitternden Händen zog Anton die Tüte mit dem Fleisch aus dem Rucksack hervor. Er durfte die Aufmerksamkeit der Hunde nicht zu früh auf sich zu ziehen. Also schob er erst das Garagentor noch einen Meter weiter nach oben und warf dann die Fleischstücke in einem hohen Bogen in die hinterste Ecke der Garage. Mit einem Platsch landeten sie auf dem Boden. Ausgehungert, wie sie waren, ließen die Dobermänner sofort von den Gefesselten ab und wetzten zum Fleisch. Genau in diesem Moment sprang Anton zu Edwina und Florian, sein Messer in der Hand. Mit zwei schnellen Hieben zerschnitt er die Seile. Dann griff er Florian unter den Arm und hievte ihn aus der Garage. Edwina folgte den beiden und riss im Hinauslaufen noch den alten Stadtplan von der Wand. Sekunden später drückten sie das Garagentor mit vereinten Kräften nach unten, gerade noch rechtzeitig, bevor die Dobermänner ihnen folgen konnten. Von außen hörten sie ihr bedrohliches Kläffen und das Kratzen ihrer Klauen, als die Köter an der Innenseite des Metalltores hochsprangen.

„Wie kommen wir von hier zum Achsenkreuz?“, stammelte Edwina atemlos. Anton schaute sie verwundert an, aber mit so was hatte er ja eigentlich schon gerechnet. Die Sache war für Edwina noch lange nicht zu Ende, obwohl sie Florian jetzt gefunden hatte. Und als dieser matt sagte: „Edwina, das kann ich nicht verantworten“, schenkte sie ihm nur ein müdes Lächeln. „Tut mir leid, Florian, aber da muss ich jetzt meinen Dickkopf durchsetzen und den Auftrag deines Vaters erfüllen. ‚Vollende was ich begonnen habe‘ – das nehme ich jetzt einfach persönlich. Kommst du mit?“, fragte sie Anton. Dieser schluckte kurz, sagt dann aber mit lässiger Stimme: „Klar. Habe zufällig auch ein paar Infos zum Thema Achsenkreuz dabei.“

Edwina grinste: „Und ich habe rein zufällig einen historischen Stadtplan.“ Sie zog den ziemlich ramponierten Plan, den sie eben von der Garagenwand gerissen hatte, hervor. „Das Einzige, was wir jetzt noch brauchen, ist ein Taxi. Und da mein Handy im Eimer ist, müsstest du das rufen.“ Anton hatte das Handy bereits in der Hand und wählte. Zu zweit gelang es ihnen, Florian bis zur Straße zu bringen. Tamaras jüngste Karateschläge hatten ihn offensichtlich noch ein paar Rippen gekostet. Während sie auf das Taxi warteten, fragte Edwina: „Dann warst du das also vorhin, der mich auf dem Handy angerufen hat?“ Als Anton nickte, fuhr sie fort: „Erzähl mal kurz, was du übers Achsenkreuz weißt.“

*1995*

Der Potsdamer Platz wird zur größten Baustelle Europas. Auf dem altem Grundriss entsteht ein gigantisches neues Viertel mit Bürotürmen, Kinos, Hotels, Restaurants und Museen.

Sie breiteten die Ausdrucke und den Stadtplan unter einer Laterne aus. Anton deutete auf ein großzügig geometrisch angelegtes Raster: „Diese unterirdischen Schächte gehörten zu Hitlers größenwahnsinnigen Plänen zum Umbau von Berlin. Zwischen Brandenburger Tor, Potsdamer Platz und Tiergarten sollte ein gigantisches Völkisches Forum entstehen. Und das musste natürlich mit modernsten Verkehrsmitteln ausgestattet sein." Mit dem Finger suchte er den Plan ab: „Schau mal da, die geplante Linie G ist sogar eingezeichnet. Sie reicht vom Friedensengel bis zum Potsdamer Platz."

Als das Taxi vorfuhr, nahmen sie Florian in ihre Mitte. „Zum Friedensengel im Tiergarten, bitte" sagte Edwina. „Nein", widersprach Anton, „ich habe eine bessere Idee. Schau mal, hier auf dem Ausdruck ist der genaue Verlauf der Linie G eingezeichnet. Wir können auch vom Potsdamer Platz einsteigen. Wax hat schon einen zu großen Vorsprung, den können wir nicht mehr aufhalten. Aber wenn wir von einer anderen Seite in den Schacht der Linie G einsteigen, sind wir schneller am Ziel." An den Taxifahrer gewandt sagte er: „Wir möchten zum Potsdamer Platz, bitte." „Na, wenn sich die Herrschaften mal einig sind", brummte der und trat zu Edwinas Freude voll aufs Gaspedal.

Vor den gläsernen Hallen der U- und S-Bahn stiegen sie aus. Laut altem Stadtplan sollten die Gleise der U2 den Schacht der geplanten U-Bahn-Linie G kreuzen. Mit einer Horde von jungen Leuten, die sich laut lachend über einen Film im Multiplexkino im Sony Center unterhielten, fuhren sie die Rolltreppe zur U-Bahn hinunter. Sie setzten Florian, der sich nur mühsam auf den Beinen halten konnte, auf eine Wartebank. Erschöpft sank er in sich zusammen und schloss die Augen. Sie würden ihn hier hierlassen müssen. In diesem Zustand konnte er nicht weiter.

Ein Zug fuhr ein. Anton und Edwina warteten, bis alle Fahrgäste eingestiegen waren und der Zug wieder abfuhr. Dann schauten sie sich um. Mit einem Kompass in der Hand schritt Anton den Bahnsteig ab. Am Ende, genau dort, wo der Zug in den Tunnel gefahren war, befand sich ein Mauervorsprung. Ein schmaler, begehbarer Absatz führte in den Tunnel hinein. Das Schild „Betreten verboten! Lebensgefahr!" ignorierten Edwina und Anton einfach.

Nach ein paar Metern kam zu ihrer Rechten eine Tür mit der Aufschrift „Notausgang". Das musste der Zugang sein. Edwina schob die metallene Tür nach innen auf. Vor ihr war es stockduster. Mit dem Fuß tastete sich Edwina vorsichtig weiter. Plötzlich schwebte er in der Luft. Da musste es steil abwärtsgehen. Ohne Licht war hier nichts zu machen. Da reichte Anton ihr auch schon seine große Taschenlampe.

„Pass auf, hier geht eine Sprossenwand runter in den Schacht", rief sie Anton zu, nachdem sie den Abgrund vor sich ausgeleuchtet hatte. „Sobald ich unten bin, kannst du nachkommen."

Kurze Zeit später stand Anton neben Edwina. Vor ihnen lag ein modriger, kalter Tunnel. Auf dem Boden hatten sich vereinzelte Pfützen gebildet, und die Wände des Gewölbes glänzten feucht. Edwina ging ein paar Schritte und schwenkte den Lichtkegel der Taschenlampe suchend im Raum umher: Eine merkwürdige, versunkene Welt tat sich vor ihren Augen auf, alte Schilder und Beschriftungen waren an den Wänden zu sehen. Jeder Schritt, den Edwina und Anton machten, hinterließ einen langen unheimlichen Hall. Sie fragten sich gerade, in welche Richtung sie gehen sollten, da ertönte weit vor ihnen ein ohrenbetäubender Knall – die Erde erbebte.

Intuitiv duckten sich Edwina und Anton auf den Boden. Etwas feuchtes, pelziges streifte Edwinas Hand. Erschrocken fuhr sie hoch. Dann leuchtete sie mit der Taschenlampe den Boden entlang. Zwei fette Ratten flitzten von einer Seite des Ganges zur anderen. Edwina schüttelte sich. Wenigstens trug sie heute keine Sandalen, sondern Turnschuhe.

„Was war denn das für eine Explosion?", fragte Anton. „Bestimmt eine von Wax' Handgranaten", flüsterte Edwina. „Sein ganzes Haus ist voll mit Sprengstoff und Waffen. Der Typ ist völlig durchgeknallt. Florian sagte, dass er bei der Stasi Spezialist für Sprengstoffattentate war. Ich möchte nicht wissen, wie viele Menschen der schon auf dem Gewissen hat." „Die Detonation kam von weit hinten im Schacht", sagte Anton. „Wahrscheinlich hat er sich damit den Weg frei gesprengt. Ich fürchte, wir müssen auch in die Richtung." Edwina nickte und schaute hinunter zu ihren Füßen. Auf dem Boden breitete sich eine dünne Wasserschicht aus. Den Strahl der Taschenlampe vor sich gerichtet gingen sie schweigend den Gang entlang. Edwina hatte den Eindruck, dass das Wasser langsam, aber stetig anstieg, sodass es einige Minuten später schon ihre Füße bedeckte. Durch das Wasser aufgeschreckt kamen ihnen ganze Heerscharen von Ratten entgegen, und Edwina musste sich mit aller Kraft zusammenreißen, um nicht jedes Mal laut aufzuschreien, wenn eines der fetten Nagetiere ihre Beine berührte.

Nach einer Weile machte der Tunnel eine lang gestreckte Kurve. An ihrem Ende kam aus einer Maueröffnung an der rechten Wandseite ein schwaches Licht. Anton hielt inne, löschte die Taschenlampe und flüsterte Edwina zu: „Besser wenn wir im Dunklen weitergehen." Vorsichtig einen Fuß vor den anderen setzend, wateten sie auf den schwachen Lichtschein zu. Als sie nur noch wenige Meter von der Maueröffnung entfernt waren, erkannte Edwina, weshalb das Wasser im Tunnel immer weiter anstieg. Durch die Detonation der Sprengung hatte auch die gegenüberliegende Wand einen tiefen Riss bekommen, durch den nun Wasser mit hohem Druck herauszischte. Edwina zog Anton am Arm und zeigte stumm auf die rissige Wand. Es würde nur eine Frage der Zeit sein, bis sie nachgab. Anton erwiderte ihren besorgten Blick, deutete dann aber auf die frisch gesprengte Maueröffnung auf der anderen Seite hin. Dort hatte die Handgranate ein unregelmäßiges Loch gerissen, gerade groß genug, dass eine einzelne Person hindurchschlüpfen konnte. Als sie näher herantrat, erkannte Edwina, wieso Wax gerade dieses Stück Wand gesprengt hatte: auf dem unverputzten Grund prangte ein dunkelrotes „Linie G". Irgendjemand hatte zwischen Linie und dem Buchstaben G noch ein H geschoben. Hermann Göring, schoss es Edwina durch den Kopf.

Vorsichtig lugte sie in die Öffnung hinein. Der Raum vor ihr wurde von einer auf dem Boden stehenden Petroleumlampe erleuchtet. An den Wänden lehnten große, flache metallene Kästen. Weiter vorne stapelten sich hohe Türme mit Holzkisten, die aussahen wie die Kiste, in dem der Schatz des Primos verstaut gewesen war.

In der Mitte des Raumes standen Gunter und Tamara Wax. Die Wuchtbrumme hatte ihre muskulösen Arme um ein Stemmeisen geschlungen, mit dem sie eine der flachen Metallkisten an der Naht bearbeitete. Im nächsten Augenblick sprang die Kiste mit einem leisen Scheppern auf, und Tamara stieß einen triumphierenden Schrei aus. Ohne etwas zu sagen, hob sie ein Bild in einem goldenen Rahmen hoch und hielt es ihrem Vater entgegen. Edwina und Anton, der sich inzwischen auch in die Öffnung gebeugt hatte, stockte der Atem. Das Bild in Tamaras Händen war die Mona Lisa!

Auch Wax schien wie vom Donner gerührt. Doch Sekunden später brach er in schallendes Gelächter aus, welches durch das Gewölbe verstärkt wurde und als Echo von einer Mauer zur anderen hallte: „Dieser Göring! Ich hab's dir doch immer gesagt. Der Schatz des Priamos war noch der kleinste Fisch, den sich dieser Hund unter den Nagel gerissen hat. Er hat jahrelang die größten Kunstwerke der ganzen Welt um sich versammelt, das ganze Zeug kopieren lassen und die Originale hier gut geschützt in bombensicheren Kisten versteckt. Ich wusste, hier wartet ein ganz großes Ding. Aber dass wir hier das Original der Mona Lisa finden." Wax lachte fast hysterisch auf und spornte seine Tochter mit gierigem Blick an, auch den nächsten Kasten zu öffnen.

Kurz drauf hielt er ein kleinformatiges Ölgemälde in den Händen, auf dem ein Mann mit einem Goldhelm zu sehen war. „Rembrandts Mann mit dem Goldhelm", gluckste er. „In diesen Kästen stecken die größten Kunstschätze aller Zeiten – und niemand weiß, dass in den Museen einfach nur Kopien hängen. Was für ein Coup", sagte er schwärmerisch, „dafür wird Göring eine ganze Fälscherwerkstatt beauftragt haben müssen. Und Florians Vater hat da mit dringesteckt. Wahrscheinlich war ihm klar, dass Göring ihn mit diesem Wissen nicht am Leben lassen würde, und deshalb hat er uns den Auftrag gegeben, wenigstens seine Lieblingsstücke, den Schatz des Priamos, zu retten. Wenn es auch für ihn kein Entkommen gab, wollte er wenigstens diese Kunstschätze für die Nachwelt retten." Verärgert schüttelte er den Kopf: „Hätte der alte Trottel seine Hinweise nur ein bisschen weniger kryptisch verfasst, dann hätte ich schon vor vielen, vielen Jahren hier in dieser Schatzkammer stehen können." Tamara schien unbeeindruckt: „Ja, ja, früher, du und die Jungs, die Leier kenne ich. Wollen wir das Zeug jetzt hier rausschaffen oder nicht?“ „Was fragst du so blöde“, raunzte Wax zurück, „pack einfach an.“

Im nächsten Moment drückte Anton Edwina abrupt gegen die Wand. Das Licht aus der Kammer wurde plötzlich heller und Tamara und Wax hatten einige kleine Kisten ergriffen, mit denen sie auf die Maueröffnung zueilten. Dann stiegen sie auch schon hindurch. Beide trugen Stirnlampen, die ihnen den Weg leuchteten. Anton und Edwina waren kaum einen Meter von ihnen entfernt, doch die Dunkelheit hielt sie verborgen, sie wagten kaum zu atmen. Sie hörten noch Tamara über das ansteigende Wasser fluchen, dann verschwanden sie mit ihrem Vater in die entgegengesetzte Richtung.

„Wahrscheinlich wissen sie nicht, wie sie die großen Kisten abtransportieren sollen, und fangen erst mal mit den kleinen an.“ Nachdem Wax und seine Tochter im Gang verschwunden waren, wagte es Anton, seine Taschenlampe wieder einzuschalten. „Die beiden werden schon ein bisschen brauchen, bis sie wieder zurückkommen“, sagte er zu Edwina, die in die Kammer geklettert war und staunend vor der Mona Lisa stand. „Wenn das Wasser weiter so steigt, wird die Mona Lisa bald nasse Füße bekommen.“

Edwina wandte sich entsetzt zu ihm um. Dann huschte ein Lächeln über ihr Gesicht: „Ich habe eine Idee.“ Schon klettert sie zurück durch das Loch und mit der Taschenlampe in der Hand marschierte sie in die Richtung los, aus der sie gekommen waren. Anton versuchte ihr zu folgen: „Auf halbem Weg, in einer Nische, stand doch eine Kohlelore“, warf sie ihm zu. Ohne auf das spritzende, dreckige Wasser zu achten, rannten sie gemeinsam den Gang zurück.

Und tatsächlich, keine 50 Meter vom Sprengloch entfernt stand ein großer Wagen mit einem rechteckigen Metallaufsatz zum Transport von Kohle. Gemeinsam stemmten sie sich dagegen. Langsam setze sich die Lore in Bewegung. „Noch einmal auf mein Kommando“, befahl Edwina: „Hau ruck! Hau ruck!“ Quietschend kamen die Räder in Gang und je näher sie der Schatzkammer kamen, umso mehr gewann der Wagen an Fahrt. „Scheint sogar dicht zu sein“, sagte Edwina, nachdem sie über das Geröll in die Kammer geklettert war und von oben in den Waggon hineingeschaut hatte. Edwina und Anton liefen zu den Metallkästen und trugen einen nach dem anderen zur Kohlelore. Sie arbeiteten fieberhaft. Jeden Augenblick konnten Tamara und ihr Vater zurückkommen, und was dann geschehen würde, wollte sich keiner von beiden vorstellen. Als der Wagen vollgepackt war, legten sie zuoberst die bereits ausgepackten Gemälde der Mona Lisa und des Mannes mit dem Goldhelm.

Edwina warf noch einen kurzen Blick in eine der herumstehenden Holzkisten. Sie wollte eine anheben, doch vergeblich. „Schwer wie Blei“, sagte sie prustend. „Schwer wie Gold“, verbesserte sie Anton und zeigte auf das an den Kisten angebrachte Siegel mit der Aufschrift Magyar Nemzeti Bank: „Ich vermute, das heißt Ungarische Staatsbank. Als die Nazis nach Ungarn eingefallen sind, haben sie dort die gesamten Goldreserven beschlagnahmt.“ „Die können warten“, beschloss Edwina.

Dann krabbelten sie aus der Kammer zurück in den Tunnel. Edwina fröstelte, als sie anfing, den Kohlewagen anzuschieben. Das eiskalte Wasser reichte ihr mittlerweile fast bis zu den Knien. Die beiden mussten ihre ganze Kraft aufwenden, um den vollgefüllten Waggon vor sich herzuschieben. Es waren vielleicht 20 Minuten vergangen, seit Wax und Tamara in die andere Richtung des Tunnels verschwunden waren. Gerade hatten Anton und Edwina den Wagen um eine leichte Biegung geschoben, als sie einen wilden Aufschrei hörten:„Nein!!!!“, dröhnte es durch den Tunnel. „Das darf doch nicht wahr sein! Vater! Die Bilder, sie sind weg!“ Im nächsten Augenblick hörte man Gunter Wax aus voller Kehle brüllen: „Wer war das? Ich krieg euch! Ich bring euch um!“

Panisch schauten Anton und Edwina sich an. So schnell sie konnten schoben sie den Kohlewagen weiter in Richtung ihres Einstiegsschachtes. Edwina dachte, ihre Lunge würde vor Anstrengung gleich platzen, so stark brannte sie. Wax’ Brüllen und Fluchen begleitete sie. Doch dann, ganz unvermittelt, ertönte ein ohrenbetäubender Knall, der von den Wänden des Ganges hundertfach widerhallte und den Tunnel zum Beben brachte. Im nächsten Moment hörte man das Prasseln von Steinen, gefolgt von strömendem Wasser. Hatte Wax eine weitere Handgranate gezündet? Oder hatte die Tunnelwand dem Druck der Wassermassen nachgegeben? Was immer auch geschehen sein mochte, von Gunter Wax und Tamara war nichts mehr zu hören. Stattdessen schien aber das Wasser, das bislang gemächlich gestiegen war, mit einem Mal deutlich schneller zu strömen und Zentimeter für Zentimeter anzusteigen.

Keuchend schoben die Kinder den Wagen weiter. Wenige Minuten später reichte ihnen das Wasser schon an die Hüften, und durch die Kälte hatten sie schon lange jedes Gefühl in den Beinen verloren. Da endlich tauchten die Treppensprossen auf, an denen sie in den Tunnel heruntergestiegen waren. „Das war aber auch höchste Zeit", japste Edwina. Die Taschenlampe in ihrer Hand gab nur noch ein schwaches Licht von sich.

Mit letzter Kraft stieg sie die Sprossen hoch: eins, zwei, drei, vier. Dann stützte sie sich auf den Handgelenken ab und schob ihren Körper auf den schmalen Vorsprung. Sie hatten es geschafft! Gleich würden sie in Sicherheit sein. Schnell streckte sie die Hand nach der Tür aus und wollte sie öffnen.

**2005**

In unmittelbarer Nähe des Brandenburger Tors wird das Holocaust-Mehnmal, das Denkmal für die ermordeten Juden, eingeweiht. Es besteht aus einem Feld mit 2711 Stelen und einem unterirdischen Museum.

Doch zu ihrem Entsetzen bewegte sich die schwere Eisentür keinen Millimeter. Wieder und wieder rüttelte Edwina an der Tür, doch sie blieb verschlossen. Ein furchtbarer Gedanke schoss Edwina durch den Kopf. War das eine dieser Türen, die man nur von einer Seite öffnen konnte? Was sollten sie nur tun? Das Wasser stieg und stieg – sie saßen in der Falle.

„Alles okay, Edwina?", hörte sie Anton von unten rufen. Nur mühsam hielt Edwina die Tränen zurück. Dann antwortete sie fast stimmlos: „Die Tür lässt sich nicht öffnen. Sie ist fest verschlossen."

Eine paar Sekunden sagte Anton gar nichts. Dann hörte sie ihn laut fluchen. „Mein Handy geht auch nicht. Ich habe hier keinen Empfang. Versuch mal gegen die Tür zu trommeln, vielleicht hört uns jemand."

Statt einer Antwort dröhnte durch die Tür das ohrenbetäubende Geräusch einer vorbeifahrenden U-Bahn. „Anton", sagte Edwina, „komm erst mal zu mir hoch. Hier ist es wenigstens trocken." Dann fügte sie leise hinzu: „Noch."

Die nächsten Minuten kamen den beiden wie eine Ewigkeit vor. Vor Kälte und Erschöpfung zitternd hockten sie nebeneinander auf dem Mauervorsprung an der Tür. Die Taschenlampe gab den letzten Schimmer von sich. Dann war alles in tiefes Dunkel getaucht. Edwina konnte die Hand vor ihren Augen nicht sehen. Immer wieder ratterten U-Bahn Züge an ihnen vorbei, mit Hunderten von Passagieren, die nicht ahnten, dass hinter dem Notausgang, 20 Meter vom Bahnsteig entfernt, zwei Kinder hockten, für die sehr bald jede Rettung zu spät sein würde. Denn das Wasser stieg unaufhaltsam höher. Mit kurzen Unterbrechungen trommelten sie verzweifelt gegen die Tür und schrien, bis sie heiser waren. Die beiden schutzlosen Gemälde, die nicht mehr in den wasserdichten Stahlbehältern steckten, hatte Anton mit nach oben auf den Mauervorsprung gebracht.

Mit der Hand fühlte Edwina, wie das Wasser die vierte Eisensprosse erreichte. In wenigen Minuten würde der ganze Zwischenraum mit Wasser gefüllt sein und dann? Tod durch Ertrinken, hörte Edwina ihren Großvater sagen, ist eine der schrecklichsten Todesarten. Edwina schluckte. „Vielleicht können wir zu einem Gullydeckel schwimmen?", schlug sie mit matter Stimme vor, „wir müssen versuchen hier irgendwie rauszukommen.“ Anton antwortete: „Das hat keinen Sinn, Edwina. Wir haben den Tunnel doch abgeleuchtet, da gab es keine weitere Öffnung, und in der Dunkelheit hat es sowieso keinen Zweck.“ „Nicht aufgeben“, flüsterte Edwina beschwörend zu Anton und zu sich selbst. Noch einmal trommelte sie mit letzter Kraft gegen die erbarmungslos verschlossene Tür.

Da hörte sie ein Klicken, gefolgt von Stimmen, und plötzlich öffnete sich die Tür. Edwina schloss die Augen vor dem gleißenden Licht, das sie plötzlich umgab. Und dann hörte sie Florians Stimme: „Edwina. Anton. Seid ihr da unten?“

Im Nachhinein konnte Edwina sich an keine Details erinnern. Sie wusste nur, dass sie von einem starken Paar Hände gepackt und hochgezogen wurde. Dann saß Anton neben ihr in Wolldecken eingewickelt auf einem trockenen Fußboden. Um sie herum standen Feuerwehrmänner und ein sehr blasser, aber vor Freude strahlender Florian Schimmelpfennig. Die Mona Lisa und den Mann mit dem Goldhelm hatten die staunenden Helfer ebenfalls geborgen.

Edwina war kurz davor, vor Erschöpfung und Erleichterung das Bewusstsein zu verlieren, als sie sich daran erinnerte, dass sie noch etwas Wichtiges mitzuteilen hatte. Und so sagte sie mit lallender Stimme zu den Umstehenden: „Es gibt einen Waggon mit Gemälden. Gleich hier unten im Tunnel.“ In dem Augenblick, als gerade alles um sie herum anfing schwarz zu werden, ging das Blitzlichtgewitter der Pressefotografen los.

17. Kapitel

# Des Rätsels Lösung

„Das ist doch Ed!" Aufgeregt rief Ben die anderen herbei: „Kommt mal schnell her. Ed ist im Fernsehen!" Von einer Sekunde auf die andere hatten die Mädchen und Jungs der 8c die Aussicht auf dem Berliner Fernsehturm vergessen und wandten sich dem Fernseher zu, auf dem die Nachrichten Edwinas großen Coup als erste Meldung brachten. Bockelmeier hatte zwar eine schlaflose Nacht auf der Polizeiwache und später bei Edwina im Krankenhaus verbracht, war aber heute morgen wie gewohnt zur Stelle gewesen, um mit der Klasse zu Fuß über 610 Stufen die Aussichtsplattform des Fernsehturms zu erklimmen. Staunend lauschten sie dem ausführlichen Bericht über das Abenteuer ihrer Klassenkameradin.

„Gestern Nacht gelang es in Berlin zwei Schülern, den wohl größten Kunstcoup der Nazizeit aufzudecken. In einem Geheimdepot unter dem Tiergarten konnten Dutzende Kunstwerke von Weltrang sichergestellt werden. Darunter befinden sich Meisterwerke wie die Mona Lisa von Leonardo da Vinci. Erste Aussagen von Kunsthistorikern deuten darauf hin, dass es sich bei den nun gefundenen Werken um Originale handelt, während in den Museen die letzten Jahrzehnte über Kopien hingen. In einer Pankower Villa konnte zudem der berühmte Schatz des Priamos sichergestellt werden."

Die Kamera zeigte Polizisten, die eine Reihe von Metallkästen aus einem Schacht hervorholten. Im Hintergrund saßen Edwina und Anton auf zwei Krankenbahren, sehr blass und eingehüllt in mehreren Decken. Edwina nahm gerade eine Tasse dampfenden Tee entgegen, die ihr ein drahtiger älterer Herr reichte. Als Nächstes war ein Bungalow mit einer Doppelgarage im Bild und die Kamera zoomte einen edlen, antik aussehenden goldenen Kelch heran.

„Die genauen Umstände des Fundes sind noch nicht geklärt. Aus informierten Quellen heißt es, die Schülerin Edwina M. habe herausgefunden, dass Hermann Göring in den letzten Kriegsmonaten ein Sonderkommando von Kunstfälschern und Restaurateuren zusammengestellt hatte, die Kopien von den bedeutendsten Kunstwerken der Geschichte anfertigten. Diese Kopien wurden dann nach Kriegsende in den Berliner Depots gefunden und an die Museen zurückgegeben. Was niemand wusste, war, dass die Originale in einem zugemauerten Raum unterhalb des Tiergartens als Teil von Görings Privatsammlung eingelagert worden waren.

Gestern Nacht kam es dann in dem stillgelegten U-Bahn-Schacht, in dem die Kunstschätze während der letzten 55 Jahre gelegen hatten, zu einer dramatischen Begegnung, bei der Edwina M., mit einem gleichaltrigen Spielkameraden auf einen ehemaligen Stasi-Sprengstoffexperten und seine Tochter trafen. Von letzteren beiden konnten nur noch die Leichen geborgen werden."

Während Edwinas Klassenkameraden noch sprachlos vor dem Fernseher standen und nicht glauben konnten, was sie da eben gesehen hatten, saß Edwina neben Anton und Florian am Krankenbett von Hans Schwab. Gestern Nacht waren die drei ebenfalls in die Charité gebracht worden. Florian hatte drei Rippenbrüche, und Edwina und Anton wollte man wegen Verdachts auf Unterkühlung zur Beobachtung eine Nacht in der Klink behalten. Nachdem die drei ausgeschlafen und ausgiebig gefrühstückt hatten, waren sie so wohlauf, dass sie sich im Krankenzimmer von Hans Schwab versammelten, dessen Zustand sich auch wieder stabilisiert hatte.

Dann begann ein Hin und Her aus Fragen und Antworten. Zuerst war Edwina an der Reihe. An Florian gewandt sagte sie: „Ich weiß, dass du den Kelch die ganze Zeit über verwahrt hast. Aber wo war eigentlich der Rest des Schatzes, nachdem ihr ihn aus dem Reichsluftfahrtministerium geholt habt?"

„Zuerst haben wir den ganzen Schatz in Clärchens Ballhaus versteckt", begann Florian, „aber schon sehr schnell, vielleicht ein

Jahr nach Kriegsende, wollte unser Freund Booster, also Gunter Wax, den Schatz verscherbeln. Erinnerst du dich noch an diese Nacht?“, fragte er an Hans Schwab gewandt. Dieser nickte stumm. „In jener Nacht fühlte ich mich so alleine wie nie zuvor. Ich musste den Schatz vor Booster verstecken und brachte ihn in die alte Gruft meiner Familie auf dem Sophien-Friedhof. Nur den Pokal behielt ich bei mir. Damals ahnte ich nicht, wie gut das Versteck war, das ich mir da ausgesucht hatte. Denn als 1961 die Mauer gebaut wurde, befand sich der Friedhof mitsamt der Gruft plötzlich mitten auf dem Todesstreifen. Alles war mit Stacheldraht abgesperrt und von Soldaten bewacht. Anfangs war ich darüber sehr erschrocken. Aber dann wurde mir klar, dass es kein sichereres Versteck als den Grenzstreifen zwischen der BRD und der DDR gab. Ich lebte damals ja noch selbst in Ost-Berlin.

**2011**

Ein neuer Rekord. Zehn Millionen Gäste besuchen die Stadt. Viele bleiben für immer. Menschen aus 190 Ländern leben in Berlin.

Wax war Anfang der 60er-Jahre dick bei der Stasi eingestiegen und hatte angefangen, mir das Leben zur Hölle zu machen. Er wollte unbedingt an den Schatz ran. Irgendwie muss er immer noch daran geglaubt haben, dass mehr hinter dem Schatz steckte. Er ließ meine Wohnung verwanzen und sorgte dafür, dass ich meinen Job als Vorarbeiter auf dem Bau verlor. Mithilfe von Hans bin ich dann in den Westen geflüchtet, gerade rechtzeitig, bevor man mich im berüchtigten DDR-Gefängnis in Bautzen einlochen wollte."

„Und dann bist du nach Australien ausgewandert", ergänzte Edwina. „Ja, nach meiner Flucht hatte ich von Deutschland die Nase gründlich voll und ergriff die erstbeste Gelegenheit, auszuwandern. Hans und ich blieben aber befreundet, und als die Mauer 1989 fiel, habe ich ihn gebeten, zur Gruft zu gehen, um den Schatz zu holen. Aber er war verschwunden! Ehrlich gesagt hatte ich immer den Verdacht, dass Wax ihn irgendwie in die Finger bekommen hat. Schließlich hat die Stasi die ganzen Jahre mein Telefon abgehört, und in meinen Telefonaten mit Hans habe ich bestimmt auch mal den Friedhof erwähnt. Als ich dann den Schatz in Pankow sah, wurde mir alles klar."

„Aber wieso bist du überhaupt nach Deutschland zurückgekehrt?", fragte Edwina. Hans Schwab richtete sich in seinem Krankenbett auf und ergriff das Wort: „Wax hatte sich bei mir gemeldet und nach dem Pokal gefragt. Ich wusste selbst auch nicht, wo er war, rief aber Florian an und berichtete ihm davon."

„Ja, dieser Anruf hat bei mir wieder alles aufgewühlt", fuhr Florian fort. „Auch wenn ich in Australien ein gutes Leben führte, merkte ich doch, dass mir das Rätsel meines Vaters keine Ruhe ließ. Also nahm ich mir vor, die Suche diesmal generalstabsmäßig anzugehen, und trug alles an Informationen, Plänen und Unterlagen zusammen, was ich finden konnte. Mein Arbeitszimmer hast du ja gesehen und die Spuren richtig gedeutet. Ohne dich hätte ich das Rätsel meines Lebens nie gelöst."

„Und ohne dich wären Anton und ich heute nicht mehr am Leben", sagte Edwina. „Nur gut, dass du nicht mit hinunter in den Schacht kommen konntest, so waren deine gebrochenen Rippen wenigstens zu etwas gut."

„Ich weiß nicht, wie lange ich auf der Bank auf dem U-Bahn-Gleis gesessen habe, aber plötzlich überkam mich echte Panik. Wie hatte ich euch beide nur gehen lassen können? Ich war von Tamaras Karateschlägen offenbar vollkommen benebelt gewesen. Also schleppte ich mich zu einer Notrufsäule und informierte die Polizei."

In diesem Moment klopfte es an der Tür und eine Krankenschwester kam ins Zimmer herein. Fragend schaute sie Edwina an: „Bist du Edwina?" Edwina nickte. „Dieser Umschlag ist eben für dich abgegeben worden." Hastig riss Edwina den Umschlag auf und überflog den darin enthaltenen Brief. Dann wandte sie sich an Anton und sagte strahlend: „Der ist für uns beide. Einige der Bilder, die wir gefunden haben, stammen aus den Uffizien in Florenz. Der Museumsdirektor möchte sich bei uns bedanken und lädt uns zu einer Reise nach Florenz ein."

„Aber nur, wenn ihr euch diesmal wirklich auf das Touristenprogramm beschränkt", sagte Florian. „Das wird sich zeigen", erwiderte Edwina und lächelte Anton zu.

Danke!

Ein großer Dank an alle, die uns bei der Arbeit an diesem Buch und der Umsetzung unterstützt haben. Ein besonderer Dank gilt Martin Haake für die Illustrationen, Livius Dietzel für die Gestaltung und Typografie und Isabelle Fuchs für ihre wertvollen Ratschläge und Motivation. Bedanken möchten wir uns auch noch bei Vico Breidenbach, Dennis Buchmann, Daniela Filthaut, Günther Haake, Ingrid Haake, Sophie von Uslar und Sophie Zeitz.

Die Autorinnen:

Joana Breidenbach studierte Ethnologie und Kunstgeschichte in München, Berkeley und London. 1994 Promotion zum Dr. phil. Seitdem veröffentlicht sie sowohl wissenschaftlich als auch populärwissenschaftlich zu den Themen Globalisierung, Migration und Tourismus. Sie ist Mitgründerin der Internetplattform betterplace.org, wo sie das betterplace lab leitet. Joana lebt mit ihrem Mann und zwei Kindern in Berlin.

Judith Homoki studierte an der Hochschule der Künste in Berlin Kommunikation und arbeitete seither als Texterin. Nach Stationen in Hamburg und London lebt sie mit ihrem Mann Martin Haake und zwei gemeinsamen Söhnen in Berlin. Sie denkt sich Ideen für Werbeagenturen aus, schreibt Texte und arbeitet als freie Autorin.

3663673R00099

Printed in Germany
by Amazon Distribution
GmbH, Leipzig